転換期を読む19

宿命

萩原朔太郎◆著

未來社

宿命

◆目次

散文詩

抒情詩

凡例

一、本書の底本として創元文庫版『宿命』（一九五一年刊）を用い、筑摩書房版萩原朔太郎全集第二巻散文詩篇を参照した。
二、表記に関しては、オリジナル版に従い、原則的に歴史的仮名遣いを用いた。また漢字に関してもできるかぎり正字を使用したが、読みやすさを考慮して、現在流通していない漢字は現代ふうの表記に改めた。

装幀——伊勢功治

宿命

萩原朔太郎

散文詩について　序に代へて

散文詩とは何だらうか。西洋近代に於けるその文學の創見者は、普通にボードレエルだと言はれてゐるが、彼によれば、一定の韻律法則を無視し、自由の散文形式で書きながら、しかも全體に音樂的節奏が高く、且つ藝術美の香氣が高い文章を、散文詩と言ふことになるのである。そこでこの觀念からすると、今日我が國で普通に自由詩と呼んでる文學中での、特に秀れてやや上乘のもの――不出來のものは純粹の散文で、節奏もなければ藝術美もない――は、西洋詩家の所謂散文詩に該當するわけである。しかし普通に散文詩と呼んでるものは、さうした文學の形態以外に、どこか文學の內容上でも、普通の詩と異なる點があるやうに思はれる。ツルゲネフの散文詩でも、ボードレエルのそれでも、すべて散文詩と呼ばれるものは、一般に他の純正詩（抒情詩など）に比較して、內容上に觀念的、思想的の要素が多く、イマヂスチックであるよりは、むしろエッセイ的、哲學的の特色を多量に持つてる如く思はれる。そこでこの點の特色から、他の抒情詩等に比較して、散文詩を思想詩、またはエッセイ詩と呼ぶこともできると思ふ。つまり日本の古文學中で、枕草子とか方丈記とか、または徒然草とかいつた類のものが、丁度西洋詩學の散文詩に當るわけなのである。

枕草子や方丈記は、無韻律の散文形式で書いてゐながら、文章それ自身が本質的にポエトリイで、優に節奏の高い律的の調べと、香氣の強い藝術美を具備して居り、しかも内容がエッセイ風で、作者の思想する自然觀や人生觀を獨創的にフイロソヒイしたものであるから、正にツルゲネフやボードレエルの散文詩と、文學の本質に於て一致してゐる。ただ日本では、昔から散文詩といふ言葉がないので、この種の文學を隨筆、もしくは美文といふ名で呼稱して來た。然るに明治以來近時になつて、日本の散文詩とも言ふべき、この種の傳統文學が中絶してしまつた。もちろん隨筆といふ名で呼ばれる文學は、今日も尚文壇の一隅にあるけれども、それは詩文としての節奏や藝術美を失つたもので、散文詩といふ觀念中には、到底所屬でき得ないものである。

自分は詩人としての出發以來、一方で抒情詩を書くかたはら、一方でエッセイ風の思想詩やアフオリズムを書きつづけて來た。それらの斷章中には、西洋詩家の所謂「散文詩」といふ名稱に、多少よく該當するものがないでもない。よつて此所に「散文詩集」と名づけ、過去に書いたものの中から、類種の者のみを集めて一冊に編纂した。その集篇中の大分のものは、舊刊「新しき欲情」「虚妄の正義」「絶望の逃走」等から選んだけれども、篇尾に納めた若干のものは、比較的最近の作に屬し、單行本としては最初に發表するものである。尙、後半に合編した抒情詩は、「氷島」「青猫」その他の既刊詩集から選出したものである。

昭和十四年八月

著者

散文詩

宇宙は意志の表現であり、
意志の本質は悩みである。
シヨペンハウエル

ああ固い氷を破つて

ああ固い氷を破つて突進する、一つの寂しい帆船よ。あの高い空にひるがへる、浪浪の固體した印象から、その隔離した地方の物侘しい冬の光線から、あはれに煤ぼけて見える小さな黒い獵鯨船よ。孤獨な環境の海に漂泊する船の羅針が、一つの鋭どい意志の尖角が、ああ如何に固い冬の氷を突き破つて驀進することよ。

婦人と雨

しとしとと降る雨の中を、かすかに匂つてゐる菜種のやうで、げにやさしくも濃やかな情緒がそこにある。ああ婦人！　婦人の側らに坐つてゐるとき、私の思惟は濕ひにぬれ、胸はなまめかしい香水の匂ひにひたる。げに婦人は生活の窓にふる雨のやうなものだ。そこに窓の硝子を距てて雨景をみる。けぶれる柳の情緒ある世界をみる。ああ婦人は空にふる雨の點點、しめやかな音樂のめろぢいのやうなものだ。我らをしていつも婦人に聽き惚らしめよ。かれらの實體に近よることなく、かれらの床しき匂ひとめろぢいに就いてのみ、いつも蜜のやうな情熱の思慕をよさしめよ。ああこの濕ひのある雨氣の中で、婦人らの濃やかな吐息をかんず。婦人は雨のやうなものだ。

芝生の上で

若草の芽が萌えるやうに、この日當りのよい芝生の上では、思想が後から後からと成長してくる。けれどもそれらの思想は、私にまで何の交渉があらうぞ。私はただ青空を眺めて居たい。あの蒼天の夢の中に溶けてしまふやうな、さういふ思想の幻想だけを育くみたいのだ。私自身の情緒の影で、なつかしい緑陰の夢をつくるやうな、それらの「情調ある思想」だけを語りたいのだ。空飛ぶ小鳥よ。

舌のない眞理

とある幻燈の中で、青白い雪の降りつもつてゐる、しづかなしづかな景色の中で、私は一つの眞理をつかんだ。物言ふことのできない、永遠に永遠にうら悲しげな、私は「舌のない眞理」を感じた。景色の、幻燈の、雪のつもる影を過ぎ去つて行く、さびしい青猫の像《かたち》をかんじた。

慈悲

風琴の鎮魂樂《れくれえむ》をきくやうに、冥想の厚い壁の影で、靜かに湧きあがつてくる黒い感情。情慾の強い惱みを抑へ、果敢ない運命への叛逆や、何といふこともない生活の暗愁や、いらいらした心の焦燥やを忘れさせ、安らかな安らかな寢臺の上で、靈魂の深みある眠りをさそふやうな、一つの力ある靜かな感情。それは生活の疲れた薄暮に、響板の鈍いうなりをたてる、大きな幅のある靜かな感情。——佛陀の教へた慈悲の哲學！

秋晴

牧場の牛が草を食つてゐるのをみて、閑散や怠惰の趣味を解しないほど、それほど近代的になつてしまつた人人にまで、私はいかなる會話をもさけるであらう。私の肌にしみ込んでくる、この秋日和の物倦い眠たさに就いて、この古風なる私の思想の情調に就いて、この上もはや語らないであらう。

浪と無明

無明は浪のやうなものだ。生活の物寂しい海の面で、寄せてはくだけくだけてはまたうち寄せ來る。ああまた引き去り高まり來る情慾の浪、意志の浪、邪念の浪。何といふこともない暗愁の浪、浪、浪、浪、浪。げにこの寂しい眺望こそは、曇天の暗い海の面で、いつも憂鬱に單調な響を繰りかへす。されば此所の海邊を過ぎて、かの遠く行く砂丘の足跡を踏み行かうよ。佛陀の寂しい時計に映る、自然の、海洋の、永遠の時間を思惟しようよ。いま暮色ある海の面に、寄せてはくだけ、くだけてはまた寄せ來る、無明のほの白い浪を眺める。もの皆悲しく、憂ひにくづるる濱邊の心ら。

陸橋を渡る

憂鬱に沈みながら、ひとり寂しく陸橋を渡つて行く。かつて何物にさへ妥協せざる、何物にさへ安易せざる、この一つの感情をどこへ行かうか。落日は地平に低く、環境は怒りに燃えてる。一切を憎悪し、粉砕し、叛逆し、嘲笑し、斬奸し、敵愾する、この一個の黒い影をマントにつつんで、ひとり寂しく陸橋を渡つて行く。かの高い架空の橋を越えて、はるかの幻燈の市街にまで。

恐怖への豫感

曠野に彷徨する狼のやうに、一つの鋭どい瞳孔と、一つの飢ゑた心臓とで、地上のあらゆる幻影に噛みつかうとする、あるひとの怒りに燃えついた情慾。牙をむき出した感情にまで注意せよ。自然の慘憺たる空の下では。

涙ぐましい夕暮

これらの夕暮は涙ぐましく、私の書齋に訪れてくる。思想は情調の影にぬれて、感じのよい温雅の色合を帶びて見える。ああいかに今の私にまで、一つの惠まれた徳はないか。何物の卑劣にすら、何物の虛僞にすら、あへて高貴の寛容を示し得るやうな、一つの穩やかにして閑雅なる徳はないか。——私をして獨り寂しく、今日の夕暮の空に默思せしめよ。

地球を跳躍して

たしかに私は、ある一つの特異な才能を持つてゐる。けれどもそれが丁度あてはまるやうな、どんな特別な「仕事」も今日の地球の上に有りはしない。むしろ私をして、地球を遠く圏外に跳躍せしめよ。

宿酔の朝に

泥酔の翌朝に於けるしらじらしい悔恨は、病んで舌をたれた犬のやうで、魂の最も痛痛しいところに噛みついてくる。夜に於ての恥かしいこと、醜態を極めたこと、みさげはてたること、野卑と愚劣との外の何物でもないやうな記憶の再現は、砒毒のやうな激烈さで骨の髓まで紫色に變色する。げに宿酔の朝に於ては、どんな酒にも嘔吐を催すばかりである。ふたたびもはや、我等は酒場を訪はないであらう。我等の生涯に於て、あれらの忌忌しい悔恨を繰返さないやうに、斷じて私自身を警戒するであらう。と彼等は腹立たしく決心する。けれどもその日の夕刻がきて、薄暮のわびしい光線がちらばふ頃には、ある故しらぬ孤獨の寂しさが、彼等を場末の巷に徘徊させ、また新しい別の酒場の中に、酔つた幸福を眺めさせる。思へ、そこでの電燈がどんなに明るく、そこでの世界がどんなに輝やいて見えることぞ。そこでこそ彼は眞に生甲斐のある、ただそればかりが眞理であるところの、唯一の新しい生活を知つたと感ずるであらう。しかもまたその翌朝に於ての悔恨が、いかに苦苦しく腹立たしいものであるかを忘れて。げにかくの如きは、あの幸福な飲んだくれの生活ではない。それこそは我等「詩人」の不幸な生活である。ああ泥酔と悔恨と、悔恨と泥酔と。いかに惱ましき人生の雨景を踰跟することよ。

夜汽車の窓で

夜汽車の中で、電燈は暗く、沈鬱した空氣の中で、人人は深い眠りに落ちてゐる。一人起きて窓をひらけば、夜風はつめたく肌にふれ、闇夜の暗黒な野原を飛ぶ、しきりに飛ぶ火蟲をみる。あゝこの眞つ暗な恐ろしい景色を貫通する！　深夜の轟轟といふ響の中で、いづこへ、いづこへ、私の夜汽車は行かうとするのか。

荒寥たる地方での會話

「くづれた廢墟の廊柱と、そして一望の禿山の外、ここには何も見るべきものがない。この荒寥たる地方の景趣には耐へがたい。」「さらば早くここを立ち去らう。この寒空は健康に良ろしくない。」「まて！　沒風流の男よ。君はこの情趣を解さないか、この廢墟を吹きわたる蕭條たる風の音を。舊き景物はすべて頽れ、新しき市街は未だ興されない。いつさいの信仰は廢つて、瘴煙は地に低く立ち迷つてゐる。ああここでの情景は、すべて私の心を傷ましめる。そしてそれ故に、げに私はこの情景を立ち去るにしのびない。」

パノラマ館にて

あふげば高い蒼空があり、遠く地平に穹窿は連なつてゐる。見渡す限りの平野のかなた、仄かに遠い山脈の雪が光つて、地平に低く夢のやうな雲が浮んでゐる。ああこの自然をながれゆく静かな情緒をかんず。遠く眺望の消えて盡きるところは雲か山か。私の幻想は涙ぐましく、遙かな遙かな風景の涯を追うて夢にさまよふ。

聽け、あの悲しげなオルゴルはどこに起るか。忘れた世紀の夢をよび起す、あの古めかしい音樂の音色はどこに。さびしく、かなしく、物あはれに。ああマルセーユ、マルセーユ、マルセーユ……。どこにまた遠く、遠方からの喇叭のやうに、錆ある朗らかのベースは鳴りわたる。げにかの物倦げなベースは夢を語る。

「ああ、ああ、歴史は忘れゆく夢のごとし。時は西暦千八百十五年。所はワータルローの平原。あちらに遠く見える一葦の水はマース河。こなた一圓の人家は佛蘭西の村落にございます。史をひもとけば六月十八日。佛蘭西の皇帝ナポレオン一世は、この所にて英普聯合軍と最後の決戰をいたされました。こなた一帶は佛蘭西軍の砲兵陣地、あれなる小高き丘に立てる馬上の人は、これぞ即ち蓋世の英雄ナポレオン・ボナパルト。その側に立てるはネー將軍、ナポレオン麾下の名將にして、鬼と呼ばれた人でございます。あれなる平野の大軍は英將ウエリントンの一隊。こちらの麥畑に累累と倒れて居ますのは、皆之れ佛蘭西兵の死骸でございます。無慘やあまたの砲車は敵彈に撃ち碎かれ、鮮血あたりの草を染めるありさま。ああ悲風蕭蕭たるかなワータルロー。さすが千古の英雄ナポレオン一世も、この戰ひの敗軍によりまして、遠くセントヘレナの孤島に幽囚の身となりました。こちらをご覧なさい。三角帽に白十字の襷をかけ、あれなる間道を突撃する一隊はナポレオンの近衛兵。その側面を射撃せるはイギリスの遊撃隊でございます。あなたに遙か遠く山脈の連なるところ、煙の如く砂塵を蹴立てて來る軍馬の一隊は、これぞ即ち普魯西の援軍にして、ブリッヘル將軍の率ゐるものでございます。時は西暦一八一五年、所は佛蘭西の國境ワータルロー。――ああ、ああ、歴史は忘れゆく夢のごとし」

明るい日光の野景の涯を、わびしい砲煙の白くただよふ。靜かな白日の夢の中で、幻聽の砲聲は空に轟ろく。いづこぞ、いづこぞ、かなしいオルゴルの音の地下にきこゆる。あはれこの古びたパノラマ舘！　幼ない日の遠き追憶のパノラマ舘！　かしこに時劫の昔はただよひゐる。ああかの暗い隧路の向うに、天幕《てんと》の青い幕の影に、いつもさびしい光線のただよひゐる。

喘ぐ馬を驅る

日曜の朝、毛笠の艶艶とした二頭の駿馬を驅つて、輕洒な馬車を郊外の竝木路に走らせる。といつたのとは、全然反對の風景がそこにありはしないか。曇天の重い空の下で、行き惱んだ運搬車。馭者はしきりにあせるけれども、駄馬が少しも動かないといつたやうな、さういふ息苦しい景色がありはしないか。いかに思想家よ。すつかりと荷造りされたる思想の前に、言葉が逡巡して進まないといふやうな、我等の鬱陶しき日和の多いことよ。

春のくる時

扇もつ若い娘ら、春の屛風の前に居て、君のしなやかな肩をすべらせ、艶めかしい曲線は足にからむ。扇もつ若い娘ら、君の笑顔に情をふくめよ、春は來らんとす。

AULD LANG SYNE!

波止場に於て、今や出帆しようとする船の上から、彼の合圖をする人に注意せよ。きけ、どんな悦ばしい告別が、どんな氣の利いた挨拶《あいさつ》が、彼の見送りの人人にまで語られるか。今や一つの精神は、海を越えて軟風の沖へ出帆する。されば健在であれ、親しき、懐かしき、また敵意ある、敵意なき、正に私から忘られようとしてゐる知己の人人よ。私は遠く行き、もはや君らと何の煩はしい交渉もないであらう。そして君らはまた、正に君らの陸地から立去らうとする帆影にまで、あのほつとした氣輕さの平和——すべての見送人が感じ得るところの、あの氣の輕輕とした幸福——を感ずるであらう。もはやそこには、何の鬱陶しい天氣もなく、來るべき航海日和の、いかに晴晴として麗らかに知覺せらるることぞ。おお今、碇をあげよ水夫ども。

おーるぼーと。……聴け！　あの音樂は起る。見送る人、見送られる人の感情にまで、さばかり涙ぐましい「忘却の悦び」を感じさせるところの、あの古風なるスコツトランドの旋律は！

Should auld acquaintance be forgot, and never brought to mind! Should auld acquaintance be forgot, and days of auld lang syne!

木偶芝居

あの怪人物が手にもつ一つの巨大な棒を見よ。それが高くふりあげられ、力を込めてまつすぐに打ちおろす時、あれらの家屋は破壊され、めちやくちやになり、警官の如きもの、隊長の如きもの、ビア樽の如きもの、横倒しにされ、その遠心力でもつて舞臺の圏外へ吹つとばされる。そこで青白い音樂のリズムが起り、すばらしい巨きな月が舞臺の空へ昇つてくる。ぐんぐんぐんぐんと上の方へ、とめどもなく高く昇る。おおその時、その時、その破壊された家の下から、どんな一つの物悲しい言葉が聴えてくるか――一つの怪奇な木偶《にんぎやう》の靈魂は、かれの細長い舌を以てすら「幽冥に於ける思想」を語るであらう。喇叭を吹くやうなバスの調子で。

極光地方から

海豹《あざらし》のやうに、極光の見える氷の上で、ぼんやりと「自分を忘れて」坐つてゐたい。そこに時劫がすぎ去つて行く。晝夜のない極光地方の、いつも暮れ方のやうな光線が、鈍く悲しげに幽滅するところ。ああその遠い北極圈の氷の上で、ぼんやりと海豹のやうに坐つて居たい。永遠に、永遠に、自分を忘れて、思惟のほの暗い海に浮ぶ、一つの侘しい幻象を眺めて居たいのです。

斷橋

夜道を走る汽車まで、一つの赤い燈火を示せよ。今そこに危險がある。斷橋！　斷橋！　ああ悲鳴は風をつんざく。だれがそれを知るか。精神は闇の曠野をひた走る。急行し、急行し、急行し、彼の悲劇の終驛へと。

運命への忍辱

とはいへ環境の闇を突破すべき、どんな力がそこにあるか。齒がみてこらへよ。こらへよ。こらへよ。

寂寥の川邊

古驛の、柳のある川の岸で、かれは何を釣らうとするのか。やがて生活の薄暮がくるまで、そんなにも長い間、針のない釣竿で……。「否」とその支那人が答へた。「魚の美しく走るを眺めよ、水の靜かに行くを眺めよ。いかに君はこの靜謐を好まないか。この風景の聰明な情趣を。むしろ私は、終日釣り得ないことを希望してゐる。されば日當り好い寂寥の岸邊に坐して、私のどんな環境をも亂すなかれ。」

船室から

嵐、嵐、浪、浪、大浪、大浪、大浪。傾むく地平線、上昇する地平線、落ちくる地平線。がちやがちや、がちやがちや。上甲板へ、上甲板へ。鎖《チエン》を卷け、鎖《チエン》を卷け。突進する、突進する水夫ら。船室の窓、窓、窓、窓。傾むく地平線、上昇する地平線。鎖《チエン》、鎖《チエン》、鎖《チエン》。風、風、風。水、水、水。船窓《ハッチ》を閉めろ。船窓《ハッチ》を閉めろ。右舷へ、左舷へ。浪、浪、浪。ほひゆーる。ほひゆーる。ほひゆーる。

田舎の時計

田舎に於ては、すべての人人が先祖と共に生活してゐる。老人も、若者も、家婦も、子供も、すべての家族が同じ藁屋根の下に居て、祖先の煤黒い位牌を飾つた、古びた佛壇の前で臥起してゐる。

さうした農家の裏山には、小高い冬枯れの墓丘があつて、彼等の家族の長い歴史が、あまたの白骨と共に眠つてゐる。やがて生きてゐる家族たちも、またその同じ墓地に葬られ、昔の曾祖母や祖父と共に、しづかな單調な夢を見るであらう。

田舎に於ては、郷黨のすべてが緣者であり、系圖の由緒ある血をひいてゐる。道に逢ふ人も、田畑に見る人も、隣家に住む老人夫妻も、遠きまたは近き血統で、互にすべての村人が緣邊する親戚であり、昔からつながる叔父や伯母の一族である。そこではだれもが家族であつて、歷史の古き、傳統する、因襲のつながる「家」の中で、郷黨のあらゆる男女が、祖先の幽靈と共に生活してゐる。

田舎に於ては、すべての家家の時計が動いてゐない。そこでは古びた柱時計が、遠い過去の暦の中で、先祖の幽靈が生きてゐた時の、同じ昔の指盤を指してゐる。見よ！　そこには昔のままの村社があり、昔のままの白壁があり、昔のままの自然がある。そして遠い曾祖母の過去に於て、かれらの先祖が緣組をした如く、今も同じやうな緣組があり、のどかな村落の籬《まがき》の中では、昔のやうに、牛や鷄の聲がしてゐる。

　げに田舍に於ては、自然と共に悠悠として實在してゐる、ただ一の永遠な「時間」がある。そこには過去もなく、現在もなく、未來もない。あらゆるすべての生命が、同じ家族の血すぢであつて、冬のさびしい墓地の丘で、かれらの不滅の先祖と共に、一つの靈魂と共に生活してゐる。晝も、夜も、昔も、今も、その同じ農夫の生活が、無限に單調につづいてゐる。そこの環境には變化がない。すべての先祖のあつたやうに、先祖の持つた農具をもち、先祖の耕した仕方でもつて、不變に同じく、同じ時間を續けて行く。變化することは破滅であり、田舍の生活の沒落である。なぜならば時間が斷絕して、永遠に生きる實在から、それの鎖が切れてしまふ。彼等は先祖のそばに居り、必死に土地を離れることを欲しない。なぜならば土地を離れて、家鄉とすべき住家はないから。そこには擴がりもなく、觸りもなく、無限に實在してゐる空間がある。

　荒寥とした自然の中で、田舍の人生は孤立してゐる。婚姻も、出產も、葬式も、すべてが部落の壁の中で、仕切られた時空の中で行はれてゐる。村落は悲しげに寄り合ひ、蕭條たる山の麓で、人間の孤獨にふるへてゐる。そして眞暗な夜の空で、もろこしの葉がざわざわと風に鳴る時、農家の薄暗い背戶の廐に、かすかに蠟燭の光がもれてゐる。馬もまた、そこの暗闇にうづくまつて、先祖と共に眠つてゐるのだ。永遠に、永遠に、過去の遠い昔から居た如くに。

球轉がし

曇つた、陰鬱の午後であつた。どんよりとした太陽が、雲の厚みからさして、鈍い光を街路の砂に照らしてゐる。人人の氣分は重苦しく、うなだれながら、馬のやうに風景の中を彷徨してゐる。

いま、何物の力も私の中に生れてゐない。意氣は銷沈し、情熱は涸れ、汗のやうな惡寒がきびわるく皮膚の上に流れてゐる。私は壓しつぶされ、稀薄になり、地下の底に滅入つてしまふのを感じてゐた。

ふと、ある賑やかな市街の裏通り、露店や飲食店のごてごてと竝んでゐる、日影のまづしい横町で、私は古風な球轉がしの屋臺を見つけた。

「よし！　私の力を試してみよう。」

つまらない賭けごとが、病氣のやうにからまつてきて、執拗に自分の心を苛らだたせた。幾度も幾度も、赤と白との球が轉がり、そして意地惡く穴の周圍をめぐつて逃げた。あらゆる機因《チャンス》がからかひながら、私の意志の屆かぬ彼岸で、熱望のそれた標的に轉がり込んだ。

「何物もない！　何物もない！」

私は齒を食ひしばつて絶叫した。いかなればかくも我我は無力であるか。見よ！　意志は完全に否定されてる。それが感じられるほど、人生を勇氣する理由がどこにあるか？

たちまち、若若しく明るい聲が耳に聽えた。蓮葉な、はしやいだ、連れ立つた若い女たちが來たのである。笑ひながら戯れながら、無造作に彼女の一人が球を投げた。

「當り！」

一時に騷がしく、若い、にぎやかな凱歌と笑聲が入り亂れた。何たる名譽ぞ！　チヤンピオンぞ！　見事に、彼女は我我の絶望に打ち勝つた。笑ひながら、戯れながら、嬉嬉として運命を征服し、すべての鬱陶しい氣分を開放した。

もはや私は、ふたたび考へこむことをしないであらう。

鯉幟を見て

青空に高く、五月の幟が吹き流れてゐる。家家の屋根の上に、海や陸や畑を越えて、初夏の日光に輝きながら、朱金の勇ましい魚が泳いでゐる。

見よ！　そこに子供の未來が祝福されてる。空高く登る榮達と、名譽と、勇氣と、健康と、天才と。とりわけ權力へのエゴイズムの野心が象徴されてる。ふしぎな、欲望にみちた五月の魚よ！

しかしながら意志が、風のない深夜の屋根で失喪してゐる。だらしなく尾をたらして、グロテスクの魚が死にかかつてゐる。丁度、あはれな子供等の寢床の上で、彼の氣味の惡い未來がぶらさがり、重苦しく沈默してゐる。どうして親たちが、早く子供の夢魔を醒してやらないのか？　たよりない小さい心が、恐ろしい夢の豫感におびえてゐる。やがて近づくであらう所の、彼の殘酷な教育から、防ぎたい疾病から、性の痛痛しい苦悶から。とりわけ社會の缺陷による、さまざまの不幸な環境から。

けれども朝の日がさし、新しい風の吹いてくる時、ふたたび魚はその意志を回復する。彼等は勇ましくなるであらう。ただ人間の非力でなく、自然の氣まぐれな氣流ばかりが、我我の自由意志に反對しつつ、あへて子供等の運命を占筮する。

記憶を捨てる

森からかへるとき、私は帽子をぬぎすてた。ああ、記憶。恐ろしく破れちぎつた記憶。みじめな、泥水の中に腐つた記憶。さびしい雨景の道にふるへる私の帽子。背後に捨てて行く。

情緒よ！ 君は歸らざるか

書生は町に行き、工場の下を通り、機關車の鳴る響を聽いた。火夫の走り、車輪の廻り、群鴉の喧號する巷の中で、はや一つの胡弓は荷造され、貨車に積まれ、さうして港の倉庫の方へ、稅關の門をくぐつて行つた。

十月下旬。書生は飯を食はうとして、枯れた芝草の倉庫の影に、音樂の忍び居り、蟋蟀のやうに鳴くのを聴いた。
——情緒よ、君は歸らざるか。

港の雜貨店で

この鋏の槓力でも、女の錆びついた銅牌《メダル》が切れないのか。水夫よ！　汝の隱衣《かくし》の錢をかぞへて、無用の情熱を捨ててしまへ！

死なない蛸

或る水族館の水槽で、ひさしい間、飢ゑた蛸が飼はれてゐた。地下の薄暗い岩の影で、青ざめた玻璃天井の光線が、いつも悲しげに漂つてゐた。

だれも人人は、その薄暗い水槽を忘れてゐた。もう久しい以前に、蛸は死んだと思はれてゐた。そして腐つた海水だけが、埃つぽい日ざしの中で、いつも硝子窓の槽にたまつてゐた。

けれども動物は死ななかつた。蛸は岩影にかくれて居たのだ。そして彼が目を覺した時、不幸な、忘れられた槽の中で、幾日も幾日も、おそろしい飢饑を忍ばねばならなかつた。どこにも餌食がなく、食物が全く盡きてしまつた時、彼は自分の足をもいで食つた。まづその一本を。それから次の一本を。それから、最後に、それがすつかりおしまひになつた時、今度は胴を裏がへして、內臟の一部を食ひはじめた。少しづつ他の一部から一部へと。順順に。

かくして蛸は、彼の身體全體を食ひつくしてしまつた。外皮から、腦髓から、胃袋から。どこもかしこも、すべて殘る隈なく。完全に。

或る朝、ふと番人がそこに來た時、水槽の中は空つぽになつてゐた。曇つた埃つぽい硝子の中で、藍色の透き通つた潮水《しほみづ》と、なよなよした海草とが動いてゐた。そしてどこの岩の隅隅にも、もはや生物の姿は見えなかつた。蛸は實際に、すつかり消滅してしまつたのである。

けれども蛸は死ななかつた。彼が消えてしまつた後ですらも、尚ほ且つ永遠にそこに生きてゐた。古ぼけた、空つぽの、忘れられた水族館の槽の中で。永遠に——おそらくは幾世紀の間を通じて——或る物すごい缺乏と不滿をもつた、人の目に見えない動物が生きて居た。

鏡

鏡のうしろへ廻つてみても、「私」はそこに居ないのですよ。お孃さん！

狐

見よ！　彼は風のやうに來る。その額は憂鬱に青ざめてゐる。耳はするどく切つ立ち、まなじりは怒に裂けてゐる。

君よ！　狡智のかくの如き美しき表情をどこに見たか。

吹雪の中で

單に孤獨であるばかりでない。敵を以て充たされてゐる！

銃器店の前で

明るい硝子戸の店の中で、一つの磨かれた銃器さへも、火薬を裝塡してないのである。——何たる虛妄ぞ。懶爾《らんじ》として笑へ！

虛數の虎

博徒等集まり、投げつけられたる生涯の機因《チヤンス》の上で、虛數の情熱を賭け合つてゐる。みな兇暴のつら魂《だましひ》。仁義《じんぎ》を構へ、虎のやうな空洞に居る。

自然の中で

荒寥とした山の中腹で、壁のやうに沈默してゐる、一の巨大なる耳を見た。

觸手ある空間

宿命的なる東洋の建築は、その屋根の下で忍從しながら、甍《いらか》に於て怒り立つてゐる。

大佛

その內部に構造の支柱を持ち、暗い梯子と經文を藏する佛陀よ！　海よりも遠く、人畜の住む世界を越えて、指のやうに尨大なれ！

家

人が家の中に住んでるのは、地上の悲しい風景である。

黒い洋傘

憂鬱の長い柄から、雨がしとしとと滴《しづく》をしてゐる。眞黑の大きな洋傘！

國境にて

その背後《うしろ》に煤煙と傷心を曳かないところの、どんな長列の汽車も進行しない！

恐ろしき人形芝居

理髪店の青い窓から、葱のやうに突き出す棍棒。そいつの馬鹿らしい機械仕掛で、夢中になぐられ、なぐられて居る。

齒をもてる意志

意志！　そは夕暮の海よりして、鱶の如くに泳ぎ來り、齒を以て肉に噛みつけり。

墓

これは墓である。蕭條たる風雨の中で、かなしく默しながら、孤獨に、永遠の土塊が存在してゐる。

何がこの下に、墓の下にあるのだらう。我我はそれを考へ得ない。おそらくは深い穴が、がらんどうに掘られてゐる。さうして僅かばかりの物質――人骨や、齒や、瓦や――が、蟾蜍《ひきがへる》と一緒に同棲して居る。そこには何もない。何物の生命も、意識も、名譽も。またその名譽についても感じ得るであらう存在もない。

尙ほしかしながら我我は、どうしてそんなに悲しく、墓の前を立ち去ることができないだらう。我我はいつでも、死後の「無」について信じてゐる。何物も殘りはしない。我我の肉體は解體して、他の物質に變つて行く。思想も、神經も、感情も、そしてこの自我の意識する本體すらも、空無の中に消えてしまふ。どうして今日の常識が、あの古風な迷信――死後の生活――を信じよう。我我は死後を考へ、いつも風のやうに哄笑するのみ！

しかしながら尙ほ、どうしてそんなに悲しく、墓の前を立ち去ることができないだらう。我我は不運な藝術家で、あらゆる逆境に忍んで居る。我我は孤獨に耐へて、ただ後世にまで殘さるべき、死後の名譽を考へてゐる。ただそれのみを考へてゐる。けれどもああ、人が墓場の中に葬られて、どうして自分を意識し得るか。我我の一切は終つてしまふ。後世になつてみれば、墓場の上に花輪を捧げ、數萬の人が自分の名作を讚へるだらう。ああしかし！　だれがその時墓場の中で、自分の名譽を意識し得るか？　我我は生きねばならない。死後にも尙ほ且つ、永遠に墓場の中で、生きて居なければならないのだ。

蕭條たる風雨の中で、さびしく永遠に默しながら、無意味の土塊が實在して居る。何がこの下に、墓の下にあるだらう。我我はそれを知らない。これは墓である！　墓である！

神神の生活

ひどく窮乏に惱まされ、乞食のやうな生涯を終つた男が、熱心に或る神を信仰し、最後迄も疑はず、その全能を信じて居た。

「あなたもまた、この神様を信仰なさい。疑ひもなく、屹度、御利益がありますから。」臨終の床の中でも、彼は逢ふ人毎にそれを説いた。だが人人は可笑しく思ひ、彼の言ふことを信じなかつた。なぜと言つて、神がもし本當の全能なら、この不幸な貧しい男を、生涯の乞食にはしなかつたらう。信仰の御利益は、もつと早く、すくなくとも彼が死なない前に、多少の安樂な生活を惠んだらう。

「乞食もまた神の恩惠を信ずるか！」

さう言つて人人は哄笑した。しかしその貧しい男は、手を振つて答辯し、神のあらたかな御利益につき、熱心になつて實證した。例へば彼は、今日の一日の仕事を得るべく、天が雨を降らさぬやうに、時時その神に向つて祈願した。或はまた金十錢の飯を食ふべく、それだけの收入が有り得るやうに、彼の善き神に向つて哀願した。そしてまた、時に合宿所の割寢床で、彼が温き夜具の方へ、順番を好都合にしてもらへることを、密かにその神へ歎願した。そしてこれ等の祈願は、概ねの場合に於て、神の聽き入れるところとなつた。いつでも彼は、それの信仰のために惠まれて居り、神の御利益から幸福だつた。もちろんその貧しい男は、より以上に「全能なもの」を考へ得ず、想像することもなかつた。

人生について知られるのは、全能の神が一人でなく、到るところにあることである。それらの多くの神神たちは、野道の寂しい辻のほとりや、田舍の小さな森の影や、景色の荒寥とした山の上や、或は裏街の入り込んでゐる、貧乏な長屋の露路に祀られて居り、人間共の侘しげな世界の中で、しづかに情趣深く生活して居る。

郵便局

郵便局といふものは、港や停車場やと同じく、人生の遠い旅情を思はすところの、悲しいのすたるぢやの存在である。局員はあわただしげにスタンプを捺し、人人は窓口に群がつてゐる。わけても貧しい女工の群が、日給の貯金通帳を手にしながら、窓口に列をつくつて押し合つてゐる。或る人人は爲替を組み入れ、或る人人は遠國への、かなしい電報を打たうとしてゐる。

いつも急がしく、あわただしく、群衆によつてもまれてゐる、不思議な物悲しい郵便局よ。私はそこに來て手紙を書き、そこに來て人生の鄕愁を見るのが好きだ。田舍の粗野な老婦が居て、側の人にたのみ、手紙の代筆を懇願してゐる。彼女の貧しい村の鄕里で、孤獨に暮らしてゐる娘の許へ、秋の袷や襦袢やを、小包で送つたといふ通知である。

郵便局！　私はその鄕愁を見るのが好きだ。生活のさまざまな悲哀を抱きながら、そこの薄暗い壁の隅で、故郷への手紙を書いてる若い女よ！　鉛筆の心も折れ、文字も涙によごれて亂れてゐる。何をこの人生から、若い娘たちが苦しむだらう。我我もまた君等と同じく、絶望のすり切れた靴をはいて、生活《ライフ》の港港を漂泊してゐる。永遠に、永遠に、我我の家なき魂は凍えてゐるのだ。

　郵便局といふものは、港や停車場と同じやうに、人生の遠い旅情を思はすところの、魂の永遠ののすたるぢやだ。

航海の歌

　南風のふく日、椰子の葉のそよぐ島をはなれて、遠く私の船は海洋の沖へ帆ばしつて行つた。浪はきらきらと日にかがやき、美麗な魚が舷側にをどつて居た。

　この船の甲板《でつき》の上に、私はいろいろの動物を飼つてゐた。猫や、孔雀や、鶯や、はつか鼠や、豹や、駱駝や、獅子やを乗せ、さうして私の航海の日和がつづいた。私は甲板の籐椅子に寐ころび、さうして夢見心地のする葉蘭の影に、いつも香氣の高いまにら煙草をくはへて居た。ああ、いまそこに幻想の港を見る。白い雲の浮んでゐる、美麗にして寂しげな植民地の港を見る。

かくの如くにして、私は航海の朝を歌ふのである。孤獨な思想家のVISIONに浮ぶ、あのうれしき朝の船出を語るのである。ああ、だれがそれを聴くか？

海

海を越えて、人人は向うに「ある」ことを信じてゐる。島が、陸が、新世界が。しかしながら海は、一の廣茫とした眺めにすぎない。無限に、つかみどころがなく、單調で飽きつぽい景色を見る。

海の印象から、人人は早い疲勞を感じてしまふ。浪が引き、また寄せてくる反復から、人生の退屈な日課を思ひ出す。そして日向の砂丘に寢ころびながら、海を見てゐる心の隅に、ある空漠たる、不滿の苛だたしさを感じてくる。

海は、人生の疲勞を反映する。希望や、空想や、旅情やが、浪を越えて行くのではなく、空間の無限における地平線の切斷から、限りなく單調になり、想像の棲むべき山影を消してしまふ。海には空想のひだがなく、見渡す限り、平板で、白晝《まひる》の太陽が及ぶ限り、その「現實」を照らしてゐる。海を見る心は空漠として味氣がない。しかしながら物憂き悲哀が、ふだんの浪音のやうに迫つてくる。

海を越えて、人人は向うにあることを信じてゐる。島が、陸が、新世界が。けれども、ああ！ もし海に來て見れば、海は我我の疲勞を反映する。過去の長き、厭はしき、無意味な生活の旅の疲れが、一時に漠然と現はれてくる。人人はげつそりとし、ものうくなり、空虛なさびしい心を感じて、磯草の枯れる砂山の上にくづれてしまふ。

人人は熱情から──戀や、旅情や、ローマンスから──しばしば海へあこがれてくる。いかにひろびろとした、自由な明るい印象が、人人の眼をひろくすることぞ！ しかしながらただ一瞬。そして夕方の疲勞から、にはかに老衰してかへつて行く。

海の巨大な平面が、かく人の觀念を正誤する。

建築の *Nostalgia*

建築――特に群團した建築――の様式は、空の穹窿に對して構想されねばならぬ。即ち切斷されたる球の弧形に對して、槍状の垂直線や、圓錐形やの交錯せる構想を用意すべきである。この蒼空の下に於ける、遠方の都會の印象として、おほむねの建築は一つの重要な意匠を忘れてゐる。

初夏の歌

今は初夏！　人の認識の目を新しくせよ。我我もまた自然と共に青青しくならうとしてゐる。古きくすぼつた家を捨てて、渡り鳥の如く自由になれよ。我我の過去の因襲から、いはれなき人倫から、既に廢つてしまつた眞理から、社會の愚かな習俗から、すべての朽ちはてた執着の繩を切らうぢやないか。

青春よ！　我我もまた鳥のやうに飛ばうと思ふ。けれども聽け！　だれがそこに隱れてゐるのか？　戸の影に居て、啄木鳥《きつつき》のやうに叩くものはたれ？　ああ君は「反響《こだま》」か。老いたる幽靈よ！　認識の向うに去れ！

女のいぢらしさ

「女のいぢらしさは」とグウルモンが言つてる。「何時《いつ》、何處《どこ》で、どこから降つて來るかも知れないところの、見たことも聞いたこともない未來の良人を、貞淑に愼《つつ》ましく待つてることだ。」と。

家の奥まつた部屋の中で、終日《ひねもす》雀の鳴聲を聽きながら、優しく、惱ましく、恥かしげに、思ひをこめて針仕事をして居る娘を見る時、私はいつもこの抒情味の深い、そして多分に加特力教的な詩人の言葉を思ひ起す。

いぢらしくもまた、私の親しい友が作つた、日本語の美しい歌を一つ。

君がはゆげなる机卓《つくゑ》の上に

色も朱《あけ》なる小箱には
なにを祕めたまへるものならむ。
われ君が窓べを過ぎむとするとき
小箱の色の目にうつり
心をどりて止まず。
そは　やはらかきりぼんのたぐひか
もしくは、うら若き娘心を述べつづる
やさしかる歌のたぐひか。（室生犀星）

若い未婚の娘たちは、情緒の空想でのみ生活して居る。丁度彼女等は、昔の草双紙に物語られてる、仇敵討ちの武士みたいなものである。その若く悲しい武士たちは、何時《いつ》、何處《どこ》で、如何にして廻り逢ふかも解らない仇敵《かたき》を探して、あてもなく國國を彷徨《さまよ》ひ歩き、偶然の奇蹟を祈りながら、生涯を疲勞の旅に死んでしまふ。

昔のしをらしい娘たちは、かうした悲しい物語を、我が身の上にひき比《くら》べ、行燈の暗い灯影で讀み耽つた。同じやうにまた、今日《けふ》の新時代の娘たちが、活動寫眞や劇場の座席の隅で、ひそかに未來の良人を空想しながら、二十世紀の草双紙を讀み耽つて居る。その新しい草双紙で、ヴアレンチノや林長二郎のやうな美男が扮する、架空の人物を現實の夢にたづねて、いぢらしくも處女《をとめ》の胸をときめかして居る。そして目算もなく、計畫もなく、偶然の廻合のみを祈りながら、追剥の出る街道や、辻堂や笹原のある景色の中を、悲しく寂しげに漂泊して居る。昔の物語の作者たちは、さうした悲しい數數の旅行の後で、それでも、漸く最後に取つて置きの籤《くじ》をひかせて、首尾よく願望を成就させた。だが若し、現實の人生がさうでなければ！　そもそも如何に。女のいぢらしさは無限である。

父

父は永遠に悲壯である。

敵

敵は常に哄笑してゐる。さうでもなければ、何者の表象が怒らせるのか？

物質の感情

機械人間にもし感情があるとすれば？　無限の哀傷のほか何者でもない。

物體

私がもし物體であらうとも、神は再度朗らかに笑ひはしない。ああ、琴の音が聴えて來る。

——小さな一つの倫理《モラル》が、喪失してしまつたのだ。

自殺の恐ろしさ

自殺そのものは恐ろしくない。自殺に就いて考へるのは、死の刹那の苦痛でなくして、死の決行された瞬時に於ける、取り返しのつかない悔恨である。今、高層建築の五階の窓から、自分は正に飛び下りようと用意して居る。遺書も既に書き、一切の準備は終つた。さあ！　目を閉ぢて、飛べ！　そして自分は飛びおりた。最後の足が、遂に窓を離れて、身體が空中に投げ出された。

だがその時、足が窓から離れた一瞬時、不意に別の思想が浮び、電光のやうに閃めいた。その時始めて、自分ははつきりと生活の意義を知つたのである。何たる愚事ぞ。決して、決して、自分は死を選ぶべきでなかつた。世界は明るく、前途は希望に輝やいて居る。斷じて自分は死にたくない。死にたくない。だがしかし、足は既に窓から離れ、身體は一直線に落下して居る。地下には固い鋪石。白いコンクリート。血に塗れた頭蓋骨！　避けられない決定！

この幻想の恐ろしさから、私はいつも白布のやうに蒼ざめてしまふ。何物も、何物も、決してこれより恐ろしい空想はない。しかもこんな事實が、實際に有り得ないといふことは無いだらう。既に死んでしまつた自殺者等が、再度もし生きて口を利いたら、おそらくこの實驗を語るであらう。彼等はすべて、墓場の中で悔恨してゐる幽靈である。百度も考へて恐ろしく、私は夢の中でさへ戰慄する。

龍

龍は帝王の欲望を象徴してゐる。權力の祥雲に乘つて居ながら、常に憤ほろしい恚怒に燃え、不斷の爭鬪のために牙をむいてる。

時計を見る狂人

或る瘋癲病院の部屋の中で、終日椅子の上に坐り、爲すこともなく、毎日時計の指針を凝視して居る男が居た。おそらく世界中で、最も退屈な、「時」を持て餘して居る人間が此處に居る、と私は思つた。ところが反對であり、院長は次のやうに話してくれた。この不幸な人は、人生を不斷の活動と考へて居るのです。それで一瞬の生も無駄にせず、貴重な時間を浪費すまいと考へ、ああして毎日、時計をみつめて居るのです。何か話しかけてご覧なさい。屹度腹立たしげに呶鳴るでせう。「默れ！　いま貴重な一秒時が過ぎ去つて行く。Time is life! Time is life!」と。

群集の中に居て

群集は孤獨者の家郷である。　ボードレエル

都會生活の自由さは、人と人との間に、何の煩瑣な交渉もなく、その上にまた人人が、都會を背景にするところの、樂しい群集を形づくつて居ることである。

晝頃になつて、私は町のレストラントに坐つて居た。店は賑やかに混雜して、どの卓にも客が溢れて居た。若い夫婦づれや、學生の一組や、子供をつれた母親やが、あちこちの卓に坐つて、彼等自身の家庭のことや、生活のことやを話して居た。それらの話は、他の人人と關係がなく、大勢の中に混つて、彼等だけの仕切られた會話であつた。そして他の人人は、同じ卓に向き合つて坐りながら、隣人の會話とは關係なく、夫夫また自分等だけの世界に屬する、勝手な仕切られた話をしやべつて居た。

この都會の風景は、いつも無限に私の心を樂しませる。そこでは人人が、他人の領域と交渉なく、しかもまた各人が全體としての雰圍氣（群集の雰圍氣）を構成して居る。何といふ無關心な、伸伸とした、樂しい忘却をもつた雰圍氣だらう。

黄昏《たそがれ》になつて、私は公園の椅子に坐つて居た。幾組もの若い男女が、互に腕を組み合せながら、私の坐つてる前を通つて行つた。どの組の戀人たちも、嬉しく樂しさうに話をして居た。そして互にまた、他の組の戀人たちを眺め合ひ、批判し合ひ、それの美しい伴奏から、自分等の室にひろがるところの、戀の樂しい音樂を二重にした。

一組の戀人が、ふと通りかかつて、私の椅子の側に腰をおろした。二人は熱心に、笑ひながら、羞かみながら嬉しさうに囁いて居た。それから立ち上り、手をつないで行つてしまつた。始めから彼等は、私の方を見向きもせず、私の存在さへも、全く認識しないやうであつた。

都會生活とは、一つの共同椅子の上で、全く別別の人間が別別のことを考へながら、互に何の交渉もなく、一つの同じ空を見てゐる生活――群集としての生活――なのである。その同じ都會の空は、あの宿なしのルンペンや、無職者や、何處へ行くといふあてもない人間やが、てんでに自分のことを考へながら、ぼんやり竝んで坐つてる、浅草公園のベンチの上にもひろがつて居て、灯ともし頃の都會の情趣を、無限に侘しげに見せるのである。

げに都會の生活の自由さは、群集の中に居る自由さである。群集は一人一人の單位であつて、しかも全體としての綜合した意志をもつてる。だれも私の生活に交渉せず、私の自由を束縛しない。しかも全體の動く意志の中で、私がまた物を考へ、爲し、味ひ、人人と共に樂しんで居る。心のいたく疲れた人、重い惱みに苦しむ人、わけても孤獨を寂しむ人、孤獨を愛する人にとつて、群集こそは心の家鄕、愛と慰安の住家である。ボードレエルと共に、私もまた一つのさびしい歌を唄はう。――都會は私の戀人。群集は私の家鄕。ああ何處までも、何處までも、都會の空を徘徊しながら、群集と共に歩いて行かう。浪の彼方は地平に消える、群集の中を流れて行かう。

橋

すべての橋は、一つの建築意匠しか持つてゐない。時間を空間の上に架け、或る夢幻的な一つの観念《イデア》を、現實的に辨證することの熱意である。

橋とは――夢を架空した數學である。

詩人の死ぬや悲し

ある日の芥川龍之介が、救ひのない絶望に沈みながら、死の暗黒と生の無意義について私に語つた。それは語るのでなく、むしろ訴へてゐるのであつた。

「でも君は、後世に殘るべき著作を書いてる。その上にも高い名聲がある。」

ふと、彼を慰めるつもりで言つた私の言葉が、不幸な友を逆に刺戟し、眞劍になつて怒らせてしまつた。あの小心で、羞かみやで、いつもストイックに感情を隱す男が、その時顏色を變へて烈しく言つた。

「著作？　名聲？　そんなものが何になる！」

獨逸のある瘋癲病院で、妹に看護されながら暮して居た、晩年の寂しいニイチエが、或る日ふと空を見ながら、狂氣の頭腦に追憶をたぐつて言つた。――おれも昔は、少しばかりの善い本を書いた！　と。

あの傲岸不遜のニイチエ。自ら稱して「人類史以來の天才」と傲語したニイチエが、これはまた何と悲しく、痛痛しさの眼に沁みる言葉であらう。側に泣きぬれた妹が、兄を慰める爲に言つたであらう言葉は、おそらく私が、前に自殺した友に語つた言葉であつたらう。そしてニイチエの答へた言葉が、同じやうにまた、空洞《うつろ》な悲しいものであつたらう。

「そんなものが何になる！　そんなものが何になる！」

ところが一方の世界には、彼等と人種のちがつた人が住んでる。トラフアルガルの海戰で重傷を負つたネルソンが、軍醫や部下の幕僚たちに圍まれながら、死にのぞんで言つた言葉は有名である。「余は祖國に對する義務を果たした。」と。ビスマルクや、ヒンデンブルグや、伊藤博文や、東郷大將やの人人が、おそらくはまた死の床で、靜かに過去を懷想しながら、自分の心に向つて言つたであらう。

「余は、余の爲すべきすべてを盡した。」と。そして安らかに微笑しながら、心に滿足して死んで行つた。

それ故に諺は言ふ。鳥の死ぬや悲し、人の死ぬや善しと。だが我我の側の地球に於ては、それが逆に韻律され、アクセントの強い言葉で、もつと惱み深く言ひ換へられる。

――人の死ぬや善し。詩人の死ぬや悲し！

主よ。休息をあたへ給へ！

行く所に用ゐられず、飢ゑた獸のやうに零落して、支那の曠野を漂泊して居た孔子が、或る時河のほとりに立つて言つた。

「行くものはかくの如きか。晝夜をわかたず。」

流れる水の悲しさは、休息が無いといふことである。夜《よる》、萬象が沈默し、人も、鳥も、木も、草も、すべてが深い眠りに落ちてる時、ただ獨り醒めて眠らず、夜《よる》も尙ほ水は流れて行く。寂しい、物音のない、眞暗な世界の中で、山を越え、谷を越え、無限の荒寥とした曠野を越えて、水はその旅を續けて行く。ああ、だれがその悲哀を知るか！　夜ひとり目醒めた人は、眠りのない枕の下に、水の淙淙といふ響を聽く。――我が心いたく疲れたり。主よ休息をあたへ給へ！

父と子供

あはれな子供が、夢の中ですすり泣いて居た。

「皆が私を苛めるの。白痴《ばか》だつて言ふの。」

子供は實際に痴呆であり、その上にも母が無かつた。

「泣くな。お前は少しも白痴《ばか》ぢやない。ただ運の惡い、不幸な氣の毒の子供なのだ。」

「不幸つて何？　お父さん。」

「過失のことを言ふのだ。」

「過失つて何？」

「人間が、考へなしにしたすべてのこと。例へばそら、生れたこと、生きてること、食つてること、結婚したこと、生殖したこと。何もかも、皆過失なのだ。」

「考へてしたら好かつたの？」

「考へてしたつて、やつぱり同じ過失なのさ。」

「ぢやあどうするの？」

「おれには解らん。エス様に聞いてごらん。」

子供は日曜學校へ行き、エス様に聞いて、讃美歌をおぼえてよく歌つてゐた。

「あら？　車が通るの。お父さん！」

地平線の遠い向うへ、浪のやうな山脈が續いて居た。馬子に曳かれた一つの車が、遠く悲しく、峠を越えて行くのであつた。子供はそれを追ひ馳けて行つた。そして荷車の後にすがつて、遠く地平線の盡きる向うへ、山脈を越えて行くのであつた。

「待て！　何處《どこ》へ行く。何處《どこ》へ行く。おおい。」

私は聲の限りに呼び叫んだ。だが子供は、私の方を見向きもせずに、見知らぬ馬子と話をしながら、遠く、遠く、漂泊の旅に行く巡禮みたいに、峠を越えて行つてしまつた。


「齒が痛い。痛いよう！」

私が夢から目醒めた時に、側《そば》の小さなベツトの中で、子供がうつつのやうに泣き續けて居た。

「齒が痛い。痛いよう！　痛いよう！　罪人《つみびと》と人に呼ばれ、十字架にかかり給へる、救ひ主《ぬし》イエス・キリスト……齒が痛い。痛いよう！」

戸

すべての戸は、二重の空間で仕切られてゐる。

戸の内側には子供が居り、戸の外側には宿命が居る。——これがメーテルリンクによつて取り扱はれた、詩劇タンタジールの死の主題であつた。も一つ付け加へて言ふならば、戸の内側には洋燈が灯り、戸の外側には哄笑がある。風がそれを吹きつける時、ばたばたといふ寂しい音で、哄笑が洋燈を吹き消してしまふのである。

山上の祈

多くの先天的の詩人や藝術家等は、彼等の宿命づけられた仕事に対して、あの悲痛な耶蘇の祈をよく知つてる。「神よ！　もし御心に適ふならば、この苦き酒盃を離し給へ。されど爾にして欲するならば、御心のままに爲し給へ。」

戰場での幻想

機關銃よりも悲しげに、繋留氣球よりも憂鬱に、炸裂彈よりも殘忍に、毒瓦斯よりも沈痛に、曳火彈よりも蒼白く、大砲よりもロマンチックに、煙幕よりも寂しげに、銃火の白く閃めくやうな詩が書きたい！

蟲

或る詰らない何かの言葉が、時としては毛蟲のやうに、腦裏の中に意地わるくこびりついて、それの意味が見出される迄、執念深く苦しめるものである。或る日の午後、私は町を歩きながら、ふと「鐵筋コンクリート」といふ言葉を口に浮べた。何故にそんな言葉が、私の心に浮んだのか、まるで理由がわからなかつた。だがその言葉の意味の中に、何か常識の理解し得ない、或る幽幻な哲理の謎が、神祕に隱されてゐるやうに思はれた。それは夢の中の記憶のやうに、意識の背後にかくされて居り、縹渺として捉へがたく、そのくせすぐ目の前にも、捉へることができるやうに思はれた。何かの忘れたことを思ひ出す時、それがつい近くまで來て居ながら、容易に思ひ出せない時のあの焦燥。多くの人人が、たれも經驗するところの、あの苛苛した執念の焦燥が、その時以來憑きまとつて、絶えず私を苦しくした。家に居る時も、外に居る時も、不斷に私はそれを考へ、この詰らない、解りきつた言葉の背後にひそんでゐる、或る神祕なイメーヂの謎を摸索して居た。その憑き物のやうな言葉は、いつも私の耳元で囁いて居た。惡いことにはまた、それには強い韻律的の調子があり、一度おぼえた詩語のやうに、意地わるく忘れることができないのだ。「テツ、キン、コン」と、それは三シラブルの押韻をし、最後に長く「クリート」と曳くのであつた。その神祕的な意味を解かうとして、私は偏執狂者のやうになつてしまつた。明らかにそれは、一つの強迫觀念にちがひなかつた。私は神經衰弱症にかかつて居たのだ。

或る日、電車の中で、それを考へつめてる時、ふと隣席の人の會話を聞いた。

「そりや君。駄目だよ。木造ではね。」

「やつぱり鐵筋コンクリートかな。」

二人づれの洋服紳士は、たしかに何所かの技師であり、建築のことを話して居たのだ。だが私には、その他の會話は聞えなかつた。ただその單語だけが耳に入つた。「鐵筋コンクリート！」

私は跳びあがるやうなショックを感じた。さうだ。この人たちに聞いてやれ。彼等は何でも知つてるのだ。機會を逸するな。大膽にやれ。と自分の心をはげましながら
「その……ちよいと……失禮ですが……。」

と私は思ひ切つて話しかけた。

「その……鐵筋コンクリート……ですな。エエ……それはですな。それはつまり、どういふわけですかな。エエそのつまり言葉の意味……といふのはその、つまり形而上の意味……僕はその、哲學のことを言つてるのですが……。」

私は妙に舌がどもつて、自分の意志を表現することが不可能だつた。自分自身には解つて居ながら、人に説明することができないのだつた。隣席の紳士は、吃驚したやうな表情をして、私の顏を正面から見つめて居た。私が何事をしやべつて居るのか、意味が全で解らなかつたのである。それから隣の連を顧み、氣味惡さうに目を見合せ、急にすつかり默つてしまつた。私

はテレかくしにニヤニヤ笑つた。次の停車場についた時、二人の紳士は大急ぎで席を立ち、逃げるやうにして降りて行つた。

到頭或る日、私はたまりかねて友人の所へ出かけて行つた。部屋に入ると同時に、私はいきなり質問した。

「鐵筋コンクリートつて、君、何のことだ。」

友は呆氣にとられながら、私の顔をぼんやり見詰めた。私の顔は岩礁のやうに緊張して居た。

「何だい君。」

と、半ば笑ひながら友が答へた。

「そりや君。中の骨組を鐵筋にして、コンクリート建てにした家のことぢやないか。それが何うしたつてんだ。一體。」

「ちがふ。僕はそれを聞いてるのぢやないんだ。」

と、不平を色に現はして私が言つた。

「それの意味なんだ。僕の聞くのはね。つまり、その……。その言葉の意味……表象……イメーヂ……。つまりその、言語のメタフイヂツクな暗號。寓意。その祕密。……解るね。つまりその、隱されたパズル。本當の意味なのだ。本當の意味なのだ。」

この本當の意味と言ふ語に、私は特に力を入れて、幾度も幾度も繰返した。

友はすつかり呆氣に取られて、放心者のやうに口を開きながら、私の顏ばかり視つめて居た。私はまた繰返して、幾度もしつッこく質問した。だが友は何事も答へなかつた。そして故意に話題を轉じ、笑談に紛らさうと努め出した。私はムキになつて腹が立つた。人がこれほど眞面目になつて、熱心に聞いてる重大事を、笑談に紛らすとは何の事だ。たしかに、此奴は自分で知つてるにちがひないのだ。ちやんとその祕密を知つてゐながら、私に教へまいとして、わざと薄とぼけて居るにちがひないのだ。否、この友人ばかりではない。いつか電車の中で逢つた男も、私の周圍に居る人たちも、だれも皆知つてるのだ。知つて私に意地わるく教へないのだ。

「ざまあ見やがれ。此奴等！」

私は心の中で友を罵り、それから私の知つてる範圍の、あらゆる人人に對して敵愾した。何故に人人が、こんなにも意地わるく私にするのか。それが不可解でもあるし、口惜しくもあつた。

だがしかし、私が友の家を跳び出した時、ふいに全く思ひがけなく、その憑き物のやうな言葉の意味が、急に明るく、靈感のやうに閃めいた。

「蟲だ！」

私は思はず聲に叫んだ。蟲！　鐵筋コンクリートといふ言葉が、祕密に表象してゐる謎の意味は、實にその單純なイメーヂにすぎなかつたのだ。それが何故に蟲であるかは、此所に說明する必要はない。或る人人にとつて、牡蠣の表象が女の肉體であると同じやうに、私自身にすつかり解りきつたことなのである。私は聲をあげて明るく笑つた。それから兩手を高く上げ、鳥の飛ぶやうな形をして、嬉しさうに叫びながら、町の通りを一散に走り出した。

虛無の歌

我れは何物をも喪失せず
また一切を失ひ盡せり。「氷島」

午後の三時。廣漠とした廣間《ホール》の中で、私はひとり麥酒《ビール》を飲んでた。だれも外に客がなく、物の動く影さへもない。煖爐《ストーブ》は明るく燃え、扉《ドア》の厚い硝子を通して、晩秋の光が侘しく射してた。白いコンクリートの床、所在のない食卓《テーブル》、脚の細い椅子の數數。

エビス橋の側《そば》に近く、此所の侘しいビヤホールに來て、私は何を待つてるのだらう？　戀人でもなく、熱情でもなく、希望でもなく、好運でもない。私はかつて年が若く、一切のものを欲情した。そして今既に老いて疲れ、一切のものを喪失した。私は孤獨の椅子を探して、都會の街街を放浪して來た。そして最後に、自分の求めてるものを知つた。一杯の冷たい麦酒と、雲を見てゐる自由の時間！　昔の日から今日の日まで、私の求めたものはそれだけだつた。

かつて私は、精神のことを考へてゐた。夢みる一つの意志。モラルの體熱。考へる葦のをのき。無限への思慕。エロスへの切ない祈禱。そして、ああそれが「精神」といふ名で呼ばれた、私の失はれた追憶だつた。かつて私は、肉體のことを考へて居た。物質と細胞とで組織され、食慾し、生殖し、不斷にそれの解體を強ひるところの、無機物に對して抗爭しながら、悲壯に惱んで生き長らへ、貝のやうに呼吸してゐる悲しい物を。肉體！　ああそれも私に遠く、過去の追憶にならうとしてゐる。私は老い、肉慾することの熱を無くした。墓と、石と、蟾《ひき》蜍《がへる》とが、地下で私を待つてるのだ。

ホールの庭には桐の木が生え、落葉が地面に散らばつて居た。その板塀で圍まれた庭の彼方、倉庫の竝ぶ空地の前を、黒い人影が通つて行く。空には煤煙が微かに浮び、子供の群集する遠い聲が、夢のやうに聞えて來る。廣いがらんとした廣間《ホール》の隅で、小鳥が時時囀つて居た。ヱビス橋の側に近く、晩秋の日の午後三時。コンクリートの白つぽい床、所在のない食卓《テーブル》、脚の細い椅子の數數。

ああ神よ！　もう取返す術《すべ》もない。私は一切を失ひ盡した。けれどもただ、ああ何といふ樂しさだらう。私はそれを信じたいのだ。私が生き、そして「有る」ことを信じたいのだ。永久に一つの「無」が、自分に有ることを信じたいのだ。神よ！　それを信ぜしめよ。私の空洞《うつろ》な最後の日に。

今や、かくして私は、過去に何物をも喪失せず、現に何物をも失はなかつた。私は喪心者のやうに空を見ながら、自分の幸福に満足して、今日も昨日も、ひとりで閑雅な麦酒《ビール》を飲んでる。虚無よ！　雲よ！　人生よ。

貸家札

熱帯地方の砂漠の中で、一疋の獅子が晝寢をして居た。肢體をできるだけ長く延ばして、さもだるさうに疲れきつて。すべての猛獣の習性として、胃の中の餌物が完全に消化するまで、おそらく彼はそのポーズで永遠に眠りつづけて居るのだらう。赤道直下の白晝《まひる》。風もなく音もない。萬象の死に絶えた沈默《しじま》の時。

その時、不意に獅子が眠から目をさました。そして耳をそば立て、起き上り、緊張した目付をして、用心深く、機敏に襲撃の姿勢をとつた。どこかの遠い地平の影に、彼は餌物を見つけたのだ。空氣が動き、萬象の沈默《しじま》が破れた。

一人の旅行者――ヘルメット帽を被り、白い洋服をきた人間が、この光景を何所かで見て居た。彼は一言の口も利かず、默つて砂丘の上に生えてる、椰子の木の方へ歩いて行つた。その椰子の木には、ずつと前から、長い時間の風雨に曝され、一枚の古い木札が釘づけてあつた。

（貸家アリ。瓦斯、水道付。日當リヨシ。）

ヘルメットを被つた男は、默つてその木札をはがし、ポケットに入れ、すたすたと歩きながら、地平線の方へ消えてしまつた。

この手に限るよ

目が醒めてから考へれば、實に馬鹿馬鹿しくつまらぬことが、夢の中では勿體らしく、さも重大の眞理や發見のやうに思はれるのである。私はかつて夢の中で、數人の友だちと一緒に、町の或る小綺麗な喫茶店に入つた。そこの給仕女に一人の悧發さうな顔をした、たいそう愛くるしい少女が居た。どうにかして、皆はそのメッチエンと懇意になり、自分に手なづけようと焦燥した。そこで私が、一つのすばらしいことを思ひついた。少女の見て居る前で、私は角砂糖の一つを壺から出した。それから充分に落着いて、さも勿體らしく、意味ありげの手付をして、それを紅茶の中へそつと落した。

熱い煮えたつた紅茶の中で、見る見る砂糖は解けて行つた。そして小さな細かい氣泡が、茶碗の表面に浮びあがり、やがて周圍の邊《へり》に寄り集つた。その時私はまた一つの角砂糖を壺から出した。そして前と同じやうに、氣取つた勿體らしい手付をしながら、そつと茶碗へ落し込んだ。（その時私は、いかに自分の手際が鮮やかで、巴里の伊達者がやる以上に、スマートで上品な擧動に適つたかを、自分で意識して得意でゐた。）茶碗の底から、再度また氣泡が浮び上つた。そして暫らく、眞中にかたまり合つて踊りながら、さつと別れて茶碗の邊《へり》に吸ひついて行つた。それは丁度、よく訓練された團體遊戲《マスゲーム》が、號令によつて、行動するやうに見えた。

「どうだ。すばらしいだらう！」

と私が言つた。

「まあ。素敵ね！」

と、じつと見て居たその少女が、感嘆おく能はざる調子で言つた。

「これ、本當の藝術だわ。まあ素敵ね。貴方。何て名前の方なの？」

そして私の顔を見詰め、絕對無上の尊敬と愛慕をこめて、その長い睫毛をしばだたいた。是非また來てくれと懇望した。私にしばしば逢つて、いろいろ話が聞きたいからとも言つた。

私はすつかり得意になつた。そして我ながら自分の思ひ付に感心した。こんなすばらしいことを、何故もつと早く考へつかなかつたらうと不思議に思つた。これさへやれば、どんな女でも造作なく、自分の自由に手なづけることができるのである。かつて何人も知らなかつた、これ程の大發明を、自分が獨創で考へたといふことほど、得意を感じさせることはなかつた。そこで私は、茫然としてゐる友人等の方をふり返つて、さも誇らしく、大得意になつて言つた。

「女の子を手なづけるにはね、君。この手に限るんだよ。この手にね。」

そこで夢から醒めた。そして自分のやつたことの馬鹿馬鹿しさを、あまりの可笑しさに吹き出してしまつた。だが「この手に限るよ。」と言つた自分の言葉が、いつ迄も耳に殘つて忘られなかつた。

「この手に限るよ。」

その夢の中の私の言葉が、今でも時時聞える時、私は可笑しさに轉がりながら、自分の中の何所かに住んでる、或る「馬鹿者《フール》」の正體を考へるのである。

臥床の中で

臥床《ふしど》の中で、私はひとり目を醒ました。夜明けに遠く、窓の鎧扉の隙間から、あるかなきかの侘しい光が、幽明のやうに影を映して居た。それは夜天の空に輝やいてる、無數の星屑が照らすところの、宇宙の常夜燈の明りであつた。

私は枕許の洋燈を消した。再度また眠らうと思つたのだ。だが醒めた時の瞬間から、意識のぜ、ん、ま、い、が動き出した。ああ今日も終日、時計のやうに休息なく、私は考へねばならないのだ。そして實に意味のない、愚にもつかないことばかりを、毎日考へねばならないのだ。私はただ眠つて居たい。牡蠣のやうに眠りたいのだ。

黎明の仄かな光が、かすかに部屋を明るくして來た。小鳥の唄が、どこかで早く聞え出した。朝だ。私はもう起きねばならぬ。そして今日もまた昨日のやうに、意味のない生活《らいふ》の惱みを、とり止めもない記錄にとつて、書きつけておかねばならないのだ。さうして！ ああそれが私の「仕事」であらうか。私の果敢ない「人生」だらうか。催眠藥とアルコールが、すべての惱みから解放して、私に一切を忘却させる。夜《よる》となつたら、私はまた酒場へ行かう。だが醉ふことの快樂ではなく、一切を忘れることの恩惠を、私は神に祈つて居るのだ。神よ。すべての忘却をめぐみ給へ。

朝が來た。汽笛が聞える。日が登り、夜が來る。そしてまた永遠に空洞《うつろ》の生活《らいふ》が……。ああ止めよ。止めよ。むしろ斷乎たる決意を取れ！　臥床《ふしど》の中で、私はまた呪文のやうに、いつもの習慣となつてる言葉を繰返した。

止めよ。止めよ。斷乎たる決意をとれ！

そもそもしかし、何が「斷乎たる決意」なのか。私はその言葉の意味することを、自分ではつきりと知りすぎて居る。知つてしかも恐ればかり、日日にただ呪文の如く、朝の臥床の中で繰返してゐる。汝、卑怯者！　愚痴漢！　何故に屑《いさ》ぎよくその人生を清算し、汝を處決してしまはないのか。汝は何事をも爲し得ないのだ。そしてただ、汝の信じ得ない神の恩寵が、すべての人間に平等である如く、汝にもその普遍的な最後の恩寵——永遠の忘却——を、いつか與へ給ふ日を、待つて居るのだ。否否。汝はそれさへも恐れ戰のき、葦のやうに震へてゐるのだ。ああ汝、毛蟲にも似たる卑劣漢。

だがしかし、その時朝の侘しい光が、私の臥床の中にさし込み、やさしい搖籠のやうにゆすつてくれた。古い聖書の忘れた言葉が、私の心の或る片隅で、靜かに侘しい日陰をつくり、夢の記憶のやうに浮んで來た。

神はその一人子を愛するほどに、汝等をも愛し給ふ。

朝が來た。雀等は窓に鳴いてる。起きよ。起きよ。起きてまた昨日の如く、汝の今日の生活をせよ――。

物みなは歳日と共に亡び行く

わが故郷に歸れる日、ひそかに祕めて歌へるうた。

物《もの》みなは歳日《としひ》と共に亡び行く。
ひとり來てさまよへば
流れも速き廣瀬川。

何にせかれて止《とど》むべき
憂ひのみ永く殘りて
わが情熱の日も暮れ行けり。

久しぶりで故郷へ歸り、廣瀨川の河畔を逍遙しながら、私はさびしくこの詩を誦した。物みなは歲日《とし ひ》と共に亡び行く――鄕土望景詩に歌つたすべての古蹟が、殆んど皆跡方もなく廢滅して、再度《ふたたび》また若かつた日の記憶を、鄕土に見ることができないので、心寂寞の情にさしぐんだのである。

全く何もかも變つてしまつた。昔ながらに變らぬものは、廣瀨川の白い流れと、利根川の速い川瀨と、昔、國定忠治が立て籠つた、赤城山とがあるばかりだ。

少年の日は物に感ぜしや
われは波宜亭《はぎてい》の二階によりて
悲しき情感の思ひに沈めり

と歌つた波宜亭《はぎてい》も、既に今は跡方もなく、公園の一部になつてしまつた。その公園すらも、昔は赤城牧場の分地であつて、多くの牛が飼はれて居た。
ひとり友の群を離れて、クロバアの茂る校庭に寝轉びながら、青空を行く小鳥の影を眺めつつ

艶めく情熱に惱みたり

と歌つた中學校も、今では他に移轉して廢校となり、殘骸のやうな姿を曝して居る。私の中學に居た日は悲しかつた。落第。忠告。鐵拳制裁。絶えまなき教師の叱責。父母の嗟嘆。そして灼きつくやうな苦しい性慾。手淫。妄想。血塗られた惱みの日課！　嗚呼しかしその日の記憶も荒廢した。むしろ何物も亡びるが好い。

わが草木《さうもく》とならん日に
たれかは知らむ敗亡の
歴史を墓に刻むべき。
われは飢ゑたりとこしへに
過失を人も許せかし。

過失を父も許せかし。

——父の墓に詣でて——

父の墓前に立ちて、私の思ふことはこれよりなかつた。その父の墓も、多くの故郷の人人の遺骸と共に、町裏の狭苦しい寺の庭で、侘しく窮屈げに立ち竝んでる。私の生涯は過失であつた。だがその「過失の記憶」さへも、やがて此所にある萬象と共に、虚無の墓の中に消え去るだらう。父よ。わが不幸を許せかし！

たちまち遠景を汽車の走りて
我れの心境は動騒せり。

と歌つた二子山の附近には、移轉した中學校が新しく建ち、昔の侘しい面影もなく、景象が全く一新した。かつては蒲公英《たんぽぽ》の莖を嚙みながら、ひとり物思ひに耽つて徘徊した野川の畔に、今も尙白い菫《すみれ》が咲くだらうか。そして古き日の娘たちが、今でも尙故郷の家に居るだらうか。

われこの新道の交路に立てど

さびしき四方《よも》の地平をきはめず。
暗鬱なる日かな
天日《てんじつ》家竝の軒に低くして
林の雜木まばらに伐られたり。

と歌つた小出《こいで》の林は、その頃から既に伐採されて、楢や櫟の木が無慘に伐られ、白日の下に生生《なまなま》しい切株を見せて居たが、今では全く開拓されて、市外の遊園地に通ずる自動車の道路となつてる。昔は學校を嫌ひ、辨當を持つて家を出ながら、ひそかにこの林に來て、終日鳥の鳴聲を聞きながら、少年の愁ひを悲しんでゐた私であつた。今では自動車が荷物を載せて、私の過去の記憶の上を、勇ましくタンクのやうに驀進して行く。

兵士の行軍の後に捨てられ
破れたる軍靴《ぐんくわ》のごとくに
汝は路傍に渇けるかな。
天日《てんじつ》の下に口をあけ
汝の過去を哄笑せよ。

汝の歴史を捨て去れかし。

——昔の小出新道にて——

利根川は昔ながら流れて居るが、雲雀の巣を拾つた河原の砂原は、原形もなく變つてしまつて、ただ一面の桑畑になつてしまつた。

此所に長き橋の架したるは
かのさびしき惣社の村より
直として前橋の町に通ずるらん。

と歌つた大渡新橋も、また近年の水害で流失されてしまつた。ただ前橋監獄だけが、新たに刑務所と改名して、かつてあつた昔のやうに、長い煉瓦の塀をノスタルヂアに投影しながら、寒い上州の北風に震へて居た。だが

監獄裏の林に入れば
囀鳥高きにしば鳴けり

と歌つた裏の林は、概ね皆伐採されて、囀鳥の聲を聞く由もなく、昔作つた詩の情趣を、再度イメージすることが出來なくなつた。

物みなは歲日《としひ》と共に亡び行く――。
ひとり來りてさまよへば
流れも速き廣瀬川
何にせかれて止《とど》むべき。

――廣瀬河畔を逍遙しつつ――

抒情詩

神よ、この涙の谷から救ひ出せ。

シヨペンハウエル

漂泊者の歌

日は斷崖の上に登り
憂ひは陸橋の下を低く歩めり
無限に遠き空の彼方
續ける鐵路の柵の背後《うしろ》に
一つの寂しき影は漂ふ。

ああ汝　漂泊者！
過去より來りて未來を過ぎ
久遠《くおん》の鄕愁を追ひ行くもの。

いかなれば蹌爾として
時計の如くに憂ひ歩むぞ。
石もて蛇を殺すごとく
一つの輪廻を斷絶して
意志なき寂寥を蹈み切れかし。

ああ　惡魔よりも孤獨にして
汝は氷霜の冬に耐へたるかな！
かつて何物をも信ずることなく
汝の信ずるところに憤怒を知れり。
かつて欲情の否定を知らず
汝の欲情するものを彈劾せり。
いかなればまた愁ひ疲れて
やさしく抱かれ接吻《きす》する者の家に歸らん。
かつて何物をも汝は愛せず
何物もまたかつて汝を愛せざるべし。

ああ汝　寂寥の人
悲しき落日の坂を登りて
意志なき斷崖を漂泊《さまよ》ひ行けど
いづこに家鄉はあらざるべし。
汝の家鄉は有らざるべし！

乃木坂倶樂部

十二月また來れり。
なんぞこの冬の寒きや。
去年はアパートの五階に住み
荒漠たる洋室の中
壁に寢臺《べつど》を寄せてさびしく眠れり。
わが思惟するものは何ぞや

すでに人生の虚妄に疲れて
今も尚家畜の如くに飢ゑたるかな。
我れは何物をも喪失せず
また一切を失ひ盡せり。
いかなれば追はるる如く
歳暮の忙がしき街を愁ひ迷ひて
晝もなほ酒場の椅子に醉はむとするぞ。
虚空を翔け行く鳥の如く
情緒もまた久しき過去に消え去るべし。

十二月また來れり
なんぞこの冬の寒きや。
訪ふものは扉《どあ》を叩つくし
われの懶惰《らんだ》を見て憐れみ去れども
石炭もなく煖爐もなく
白堊の荒漠たる洋室の中

我れひとり寝臺《べつど》に醒めて
白晝《ひる》もなほ熊の如くに眠れるなり。

珈琲店醉月

坂を登らんとして渇きに耐へず
蹌踉として醉月の扉《どあ》を開けば
狼藉たる店の中より
破れしレコードは鳴り響き
場末の煤ぼけたる電氣の影に
貧しき酒瓶の列を立てたり。
ああ　この暗愁も久しいかな！
我れまさに年老いて家郷なく
妻子離散して孤獨なり。

いかんぞまた漂泊の悔を知らむ。
女等群がりて卓を圍み
我れの醉態を見て憫みしが
たちまち罵りて財布を奪ひ
殘りなく錢《ぜに》を數へて盜み去れり。

晩秋

汽車は高架を走り行き
思ひは陽《ひ》ざしの影をさまよふ。
靜かに心を顧みて
滿たさるなきに驚けり。
巷《ちまた》に秋の夕日散り
鋪道に車馬は行き交へども

わが人生は有りや無しや。
煤煙くもる裏街の
貧しき家の窓にさへ
斑黄葵《むらさきあふひ》の花は咲きたり。

――朗吟のために――

昨日にまさる戀しさの

昨日にまさる戀しさの
湧きくる如く嵩まるを
忍びてこらへ何時までか
惱みに生くるものならむ。
もとより君はかぐはしく
阿艶《あで》に匂へる花なれば

わが世に一つ殘されし
生死の果の情熱の
戀さへそれと知らざらむ。
空しく君を望み見て
百《ひやく》たび胸を焦すより
死なば死ねかし感情の
かくも苦しき日の暮れを
鐵路の道に迷ひ來て
破れむまでに嘆くかな
破れむまでに嘆くかな。

——朗吟のために——

歸鄕

昭和四年の冬、妻と離別し、二兒を抱へて故郷に歸る。

わが故郷に歸れる日
汽車は烈風の中を突き行けり。
ひとり車窓に目醒むれば
汽笛は闇に吠え叫び
火焔《ほのほ》は平野を明るくせり。
まだ上州の山は見えずや。
夜汽車の仄暗き車燈の影に
母なき子供等は眠り泣き
ひそかに皆わが憂愁を探《さぐ》れるなり。
鳴呼また都を逃れ來て
何所《いづこ》の家郷に行かむとするぞ。
過去は寂寥の谷に連なり
未來は絶望の岸に向へり。
砂礫《されき》のごとき人生かな！

われ既に勇氣おとろへ
暗憺として長へに生きるに倦みたり。
いかんぞ故郷に獨り歸り
さびしくまた利根川の岸に立たんや。
汽車は曠野を走り行き
自然の荒寥たる意志の彼岸に
人の憤怒《いきどほり》を烈しくせり。

虚無の鴉

我れはもと虚無の鴉
かの高き冬至の屋根に口をあけて
風見の如くに咆號《ほうがう》せん。
季節に認識ありやなしや

我れの持たざるものは一切なり。

品川沖観艦式

低き灰色の空の下に
軍艦の列は横はれり。
暗憺として錨をおろし
みな重砲の城の如く
無言に沈鬱して見ゆるかな。
曇天暗く
埠頭に観衆の群も散りたり、
しだいに暮れゆく海波の上
既に分列の任務を終へて
艦《ふね》等みな帰港の情に渇けるなり。

冬の日沖に荒れむとして
浪は舷側に凍り泣き
錆は鐵板に食ひつけども
軍艦の列は動かんとせず
蒼茫たる海洋の上
彼等の叫び、渇き、熱意するものを強く持せり。

火

赤く燃える火を見たり。
獸類《けもの》の如く
汝は沈默して言はざるかな。

夕べの靜かなる都會の空に
火焔《ほのほ》は美しく燃え出づる
たちまち流れはひろがり行き
瞬間に一切を亡ぼし盡せり。
資産も、工場も、大建築も
希望も、榮譽も、富貴も、野心も
すべての一切を焼き盡せり。

火よ
いかなれば獸類《けもの》の如く
汝は沈默して言はざるかな。
さびしき憂愁に閉されつつ
かくも靜かなる薄暮の空に
汝は熱情を思ひ盡せり。

地下鐵道《さぶうえい》にて

ひとり來りて地下鐵道《さぶうえい》の
青き歩廊《ほうむ》をさまよひつ
君待ちかねて悲しめど
君が夢には無きものを
なに幻影《まぼろし》の後尾燈
空洞《うつろ》に暗きトンネルの
壁に映りて消え行けり。
壁に映りて過ぎ行けり。

「なに幻影《まぼろし》の後尾燈」「なに幻影《まぼろし》の戀人を」に通ず。掛ケ詞。

告別

汽車は出發せんと欲し
汽罐《かま》に石炭は積まれたり。
いま遠き信號《しぐなる》燈と鐵路の向ふへ
汽車は國境を越え行かんとす。
人のいかなる愛着もて
かくも機關車の火力されたる
烈しき熱情をなだめ得んや。
驛路に見送る人々よ
悲しみの底に齒がみしつつ
告別の傷みに破る勿れ。
汽車は出發せんと欲して
すさまじく蒸氣を噴き出し
裂けたる如くに吠え叫び
汽笛を鳴らし吹き鳴らせり。

遊園地《るなぱあく》にて

遊園地《るなぱあく》の午後なりき
樂隊は空に轟き
廻轉木馬の目まぐるしく
艶《なま》めく紅《べに》のごむ風船
群集の上を飛び行けり。

今日の日曜を此所に來りて
われら模擬飛行機の座席に乗れど
側へに思惟するものは寂しきなり。
なになれば君が瞳孔《ひとみ》に
やさしき憂愁をたたへ給ふか。
座席に肩を寄りそひて
接吻《きす》するみ手を借したまへや。

見よこの飛翔する空の向ふに
一つの地平は高く揚り　また傾き　低く沈み行かんとす。
暮春に迫る落日の前
われら既にこれを見たり
いかんぞ人生を展開せざらむ。
今日の果敢なき憂愁を捨て
飛べよかし！　飛べよかし！

明るき四月の外光の中
嬉々たる群集の中に混りて
ふたり模擬飛行機の座席に乗れど
君の圓舞曲《わるつ》は遠くして
側へに思惟するものは寂しきなり。

動物園にて

灼きつく如く寂しさ迫り
ひとり來りて園内の木立を行けば
枯葉みな地に落ち
猛獣は檻の中に憂ひ眠れり。
彼等みな忍從して
人の投げあたへる肉を食らひ
本能の蒼き瞳孔《ひとみ》に
鐵鎖のつながれたる惱みをたへたり。
暗鬱なる日かな！
わがこの園内に來れることは
彼等の動物を見るに非ず
われは心の檻に閉ぢられたる
飢餓の苦しみを忍び怒れり。
百《ひやく》たびも牙を鳴らして

われの欲情するものを嚙みつきつつ
さびしき復讐を戰ひしかな！
いま秋の日は暮れ行かむとし
風は人氣なき小徑に散らばひ吹けど
ああ我れは尙鳥の如く
無限の寂寥をも飛ばざるべし。

中學の校庭

われの中學にありたる日は
艶《なま》めく情熱になやみたり。
怒りて書物をなげすて
ひとり校庭の草に寢ころびゐしが
なにものの哀傷ぞ

はるかにかの青きを飛びさり
天日直射《てんじつ》して熱く帽子の庇《ひさし》に照りぬ。

郷土望景詩

波宜亭

少年の日は物に感ぜしや
われは波宜亭《はぎてい》の二階によりて
かなしき情感の思ひにしづめり。
その亭の庭にも草木《さうもく》茂み
風ふき渡りてばうばうたれども
かのふるき待たれびとありやなしや。
いにしへの日には鉛筆もて

欄干《おばしま》にさへ記せし名なり。

郷土望景詩

小出新道

ここに道路の新開せるは
直《ちよく》として市街に通ずるならん。
われこの新道の交路に立てど
さびしき四方《よも》の地平をきはめず
暗鬱なる日かな。
天日家並の軒に低くして
林の雑木まばらに伐られたり。
いかんぞ　いかんぞ思惟をかへさん。

われの叛きて行かざる道に
新しき樹木みな伐られたり。

郷土望景詩

新前橋驛

野に新しき停車場は建てられたり。
便所の扉《とびら》風にふかれ
ペンキの匂ひ草いきれの中に強しや。
烈々たる日かな。
われこの停車場に來りて口の渇きにたへず
いづこに氷を喰《は》まむとして賣る店を見ず
ばうばうたる麥の遠きに連なりながれたり。

いかなればわれの望めるものはあらざるか
憂愁の暦は酢え
心はげしき苦痛にたへずして旅に出でんとす。
ああ　この古びたる鞄をさげてよろめけども
われは瘠犬のごとくして憫れむ人もあらじや。
いま日は構外の野景に高く
農夫らの鋤に蒲公英の莖は刈られ倒されたり。
われひとり寂しき歩廊《ほうむ》の上に立てば
ああ　はるかなる所よりして
かの海のごとく轟き　感情の軋《きし》りつつ來るを知れり。

郷土望景詩

大渡橋

ここに長き橋の架したるは
かのさびしき惣社の村より　直《ちよく》として前橋の町に通ずるならん。
われここを渡りて荒寥たる情緒の過ぐるを知れり
往くものは荷物を積み　車に馬を挽きたり。
あわただしき自轉車かな！
われこの長き橋を渡るときに
薄暮の飢ゑたる感情は苦しくせり。

ああ　故郷にありてゆかず
鹽のごとくにしみる憂患の痛みをつくせり。
すでに孤獨の中に老いんとす
いかなれば今日の烈しき痛恨の怒《いかり》を語らん。
いまわがまづしき書物を破り
過ぎゆく利根川の水にいつさいのものを棄てんとす。

われは狼のごとくに飢ゑたり
しきりに欄干《らんかん》にすがりて齒を嚙めども
齒をかめどもせんかたなしや。
涙のごときもの溢れ出で
頰《ほ》につたひ流れてやまず。
ああ　我はもと卑陋なり！
往《ゆ》くものは荷物を積みて馬を牽き
このすべて寒き日の　平野の空は暮れんとす。

郷土望景詩

廣瀬川

廣瀬川白く流れたり

時さればみな幻想は消えゆかん。
われの生涯《らいふ》を釣らんとして
過去の日川邊に糸をたれしが
ああ　かの幸福は遠きにすぎさり
ちひさき魚は眼にもとまらず。

郷土望景詩

利根の松原

日曜日の晝
わが愉快なる諧謔《かいぎやく》は草にあふれたり。
芽はまだ萠えざれども
少年の情緒は赤く木の間を焚《や》き

友等みな異性のあたたかき腕をおもへるなり。
ああ　この追憶の古き林にきて
ひとり蒼天の高きに眺め入らんとす。
いづこぞ憂愁に似たるものきて
ひそかにわれの背中を觸れゆく日かな。
いま風景は秋晩くすでに枯れたり
われは燒石を口にあてて
しきりにこの熱する　唾《つばき》のごときものを嚥まんとす。

郷土望景詩

公園の椅子

人氣なき公園の椅子にもたれて

われの思ふことはけふもまた烈しきなり。
いかなれば故郷のひとのわれに辛《つら》く
かなしき李《すもも》の核《たね》を噛まむとするぞ。
遠き越後の山に雪の積りて
麥もまたひとの怒りにふるへをののくか。
われを嘲けりわらふ聲は野山にみち
苦しみの叫びは心臟を破裂せり。
かくばかり
つれなきものへの執着をされ。
ああ　生れたる故郷の土を踏み去れよ。
われは指にするどく研《と》げるナイフをもち
葉櫻のころ
さびしき椅子に「復讐」の文字をきざみたり。

監獄裏の林

監獄裏の林に入れば
囀鳥高きにしばし鳴けり。
いかんぞ我れの思ふこと
ひとり叛きて歩める道を
さびしき友にも告げざらんや。
河原に冬の枯草もえ
重たき石を運ぶ囚人等
みな憎さげに我れをみて過ぎ行けり。
陰鬱なる思想かな
われの破れたる服を裂きすて
獣《けもの》のごとくに悲しまむ。
ああ季節に遅く

上州の空の烈風に寒きは何ぞや。
まばらに殘る林の中に
看守のゐて
劍柄《けんづか》の低く鳴るをきけり。

郷土望景詩

我れの持たざるものは一切なり

我れの持たざるものは一切なり
いかんぞ窮乏を忍ばざらんや。
ひとり橋を渡るも
灼《や》きつく如く迫り
心みな非力の怒りに狂はんとす。

ああ我れの持たざるものは一切なり
いかんぞ乞食の如く羞爾として
道路に落ちたるを乞ふべけんや。
捨てよ！　捨てよ！
汝の獲たるケチくさき銭《ぜに》を握つて
勢ひ猛に走り行く自動車のあと
枯れたる街樹の幹に叩きつけよ。
ああすべて卑穢《ひわい》なるもの
汝の處生する人生を抹殺せよ。

海鳥

ある夜ふけの遠い空に
洋燈のあかり白白ともれてくるやうにしる。

かなしくなりて家々の乾場をめぐり
あるひは海にうろつき行き
くらい夜浪のよびあげる響をきいてる。
しとしととふる雨にぬれて
さびしい心臓は口をひらいた
ああ　かの海鳥はどこへ行つたか。
運命の暗い月夜を翔《か》けさり
夜浪によごれた腐肉をついばみ泣きゐたりしが
ああ遠く　飛翔し去つてかへらず。

まづしき展望

まづしき田舎に行きしが
かわける馬秣《まぐさ》を積みたり。

雑草の道に生えて
道に蠅のむらがり
くるしき埃のにほひを感ず。
ひねもす疲れて畔《あぜ》にゐしに
君はきやしやなる洋傘《かさ》の先もて
死にたる蛙を畔《あぜ》に指せり。
げにけふの思ひは惱みに暗く
そはおもたく沼地に渇《かわ》きて苦痛なり。
いづこに空虛のみつべきありや
風なき野道に遊戲をすてよ
われらの生活は失踪せり。

波止場の煙

野鼠は畠にかくれ
矢車草は散り散りになつてしまつた。
歌も　酒も　戀も　月も　もはやこの季節のものでない
わたしは老いさらぼつた鴉のやうに
よぼよぼとして遠國の旅に出かけて行かう。
さうして乞食どものうろうろする
どこかの遠い港の波止場で
海草の焚けてる空のけむりでも眺めてゐよう。
ああ　まぼろしの少女《をとめ》もなく
しをれた花束のやうな運命になつてしまつた
砂地にまみれ
砂利食《じやりくひ》がにのやうにひくい音《ね》で泣いてゐよう。

蠅の唱歌

春はどこまできたか
春はそこまできて櫻の匂ひをかぐはせた。
子供たちのさけびは野に山に
はるやま見ればば白い浮雲がながれてゐる。
さうして私の心はなみだをおぼえる
いつもおとなしくひとりで遊んでゐる私のこころだ
この心はさびしい
この心はわかき少年の昔より私のいのちに日影をおとした
しだいにおほきくなる孤獨の日かげ
おそろしい憂鬱の日かげはひろがる。
いま室内にひとりで坐つて
暮れてゆくたましひの日かげをみつめる。
そのためいきはさびしくして

とどまる蠅のやうに力がない。
しづかに暮れてゆく春の夕陽《ひ》の中を
私のいのちは力なくさまよひあるき
私のいのちは窓の硝子にとどまりて
たよりなき子供等のすすりなく唱歌をきいた。

憂鬱なる花見

憂鬱なる櫻が遠くからにほひはじめた。
櫻の枝はいちめんにひろがつてゐる
日光はきらきらとしてはなはだまぶしい。
私は密閉《みつぺい》した家の内部に住み
日毎に野菜をたべ　魚やあひるの卵をたべる。
その卵の肉はくさりはじめた

遠く櫻のはなは酢え
櫻のはなの酢えた匂ひはうつたうしい
いまひとびとは帽子をかぶつて　外光の下を歩きにでる。
さうして日光が遠くにかがやいてゐる
けれども私はこの室内にひとりで坐つて
思ひをはるかなる櫻のはなの下によせ
野山にたはむれる青春の男女によせる。
ああいかに幸福なる人生がそこにあるか
なんといふよろこびが輝やいてゐることか。
いちめんに枝をひろげた櫻の花の下で
わかい娘たちは踊ををどる
娘たちの白くみがいた踊の手足
しなやかにおよげる衣裳
ああ　そこにもここにも　どんなにうつくしい曲線がもつれあつてゐることか
花見のうたごゑは横笛のやうにのどかで
かぎりなき憂鬱のひびきをもつてきこえる。

いま私の心は涙をもてぬぐはれ
閉ぢこめたる窓のほとりに力なくすすりなく。
ああこのひとつのまづしき心はなにものの生命《いのち》をもとめ
なにものの影をみつめて泣いてゐるのか
ただいちめんに酢えくされたる美しい世界のはてで
遠く花見の憂鬱なる横笛のひびきをきく。

月夜

重たいおほきな翅《はね》をばたばたして
ああ　なんといふ弱々しい心臓の所有者だ。
花瓦斯のやうな明るい月夜に
白くながれてゆく生物の群をみよ
そのしづかな方角をみよ

この生物のもつひとつのせつなる情緒をみよ。
あかるい花瓦斯のやうな月夜に
ああ　なんといふ悲しげな　いぢらしい蝶類の騒擾だ。

憂鬱の川邊

川邊で鳴つてゐる
蘆や葦のさやさやといふ音はさびしい。
しぜんに生えてる
するどい　ちひさな植物　草本《さうほん》の莖の類はさびしい。
私は眼を閉ぢて
なにかの草の根を噛まうとする
なにかの草の汁をすふために　憂愁の苦い汁をすふために
げにそこにはなにごとの希望もない

生活はただ無意味な憂鬱の連なりだ。
梅雨だ。
じめじめとした雨の點滴のやうなものだ
しかし　ああ　また雨！　雨！　雨！
そこには生える不思議の草本
あまたの悲しい羽蟲の類
それは憂鬱に這ひまわる　岸邊にそうて這ひまわる。
じめじめとした川の岸邊を行くものは
ああこの光るいのちの葬列か
光る精神《こころ》の病靈か
物みなしぜんに腐れゆく岸邊の草むら
雨に光る木材質のはげしき匂ひ。

艶めかしい墓場

風は柳を吹いてゐます
どこにこんな薄暗い墓地の景色があるのだらう。
なめくぢは垣根を這ひあがり
見はらしの方から生《なま》あつたかい潮みづが匂つてくる。
どうして貴女はここに來たの。
やさしい　青ざめた　草のやうにふしぎな影よ。
貴女は貝でもない　雉でもない　猫でもない。
さうしてさびしげなる亡靈よ
貴女のさまよふからだの影から
まづしい漁村の裏通りで　魚《さかな》のくさつた臭《にほ》ひがする。
その　腸《はらわた》　は日にとけてどろどろと生臭く
かなしく　せつなく　ほんとにたへがたい哀傷のにほひである。
ああ　この春夜のやうになまぬるく
べにいろのあでやかな着物をきてさまよふひとよ。
妹のやうにやさしいひとよ

それは墓場の月でもない　燐でもない　影でもない　眞理でもない
さうしてただなんといふ悲しさだらう。
かうして私の生命《いのち》や肉體《からだ》はくさつてゆき
「虚無」のおぼろげな景色のかげで
艶《なま》めかしくも　ねばねばとしなだれて居るのですよ。

くづれる肉體

蝙蝠のむらがつてゐる野原の中で
わたしはくづれてゆく肉體の柱をながめた。
それは宵闇にさびしくふるへて
影にそよぐ死《しに》びと草《ぐさ》のやうになまぐさく
ぞろぞろと蛆蟲の這ふ腐肉のやうに醜くかつた。
ああこの影を曳く景色のなかで

わたしの靈魂はむづがゆい恐怖をつかむ。
それは港からきた船のやうに　遠く亡靈のゐる島々を渡つてきた
それは風でもない　雨でもない
そのすべては愛慾のなやみにまつはる暗い恐れだ。
さうして蛇つかひの吹く鈍い音色に
わたしのくづれてゆく影が寂《さび》しく泣いた。

鴉毛の婦人

やさしい鴉毛《からすげ》の婦人よ
わたしの家屋裏の部屋にしのんできて
麝香のなまめかしい匂ひをみたす
貴女はふしぎな夜鳥
木製の椅子にさびしくとまつて

その嘴《くちばし》は心臓《こころ》をついばみ　瞳孔《ひとみ》はしづかな涙にあふれる。
夜鳥よ
このせつない戀情はどこからくるか
あなたの憂鬱なる衣裳をぬいで　はや夜露の風に飛びされ。

緑色の笛

この黄昏《たそがれ》の野原のなかを
耳のながい象たちがぞろりぞろりと歩いてゐる。
黄色い夕月が風にゆらいで
あちこちに帽子のやうな草つぱがひらひらする。
さびしいですか　お嬢さん！
ここに小さな笛があつて　その音色は澄んだ緑です。
やさしく歌口《うたぐち》をお吹きなさい

とうめいなる空にふるへて
あなたの蜃氣樓をよびよせなさい。
思慕のはるかな海の方から
ひとつの幻像《いめぢ》がしだいにちかづいてくるやうだ。
それはくびのない猫のやうで　墓場の草影にふらふらする
いつそこんな悲しい暮景の中で　私は死んでしまひたいのよう。　お嬢さん！

かなしい囚人

かれらは青ざめたしやつぽをかぶり
うすぐらい尻尾《しつぽ》の先を曳きずつて歩きまわる。
そしてみよ　そいつの陰鬱なしやべるが泥土《ねばつち》を掘るではないか。
ああ草の根株は掘つくりかへされ
どこもかしこも曇暗な日ざしがかげつてゐる。

なんといふ退屈な人生だらう
ふしぎな葬式のやうに列をつくつて　大きな建物の影へ出這入りする。
この幽靈のやうにさびしい影だ
硝子のぴかぴかするかなしい野外で
どれも青ざめた紙のしやつぽをかぶり
ぞろぞろと蛇の卵のやうにつながつてくる　さびしい囚人の群ではないか。

憂鬱な風景

猫のやうに憂鬱な景色である。
さびしい風船はまつすぐに昇つてゆき
りんねるを着た人物がちらちらと居るではないか。
もうとつくにながい間《あひだ》
だれもこんな波止場を思つてみやしない。

さうして荷揚げ機械のばうぜんとしてゐる海角から
いろいろさまざまな生物意識が消えて行つた。
そのうへ帆船《はんせん》には綿が積まれて
それが沖の方でむくむくと考へこんでゐるではないか。
なんと言ひやうもない
身の毛もよだち　ぞつとするやうな思ひ出ばかりだ。
ああ神よ　もうとりかへすすべもない
さうしてこんなむしばんだ回想から　いつも幼な兒のやうに泣いてゐよう。

野鼠

どこに私らの幸福があるのだらう
泥土《でいど》の砂を掘れば掘るほど
悲しみはいよいよふかく湧いてくるではないか。

春は幔幕のかげにゆらゆらとして
遠く俥にゆすられながら行つてしまつた。
どこに私らの戀人があるのだらう
ばうばうとした野原に立つて口笛をふいてみても
もう永遠に空想の娘らは來やしない。
なみだによごれためるとんのづぼんをはいて
私は日傭人《ひようどり》のやうに歩いてゐる
ああもう希望もない　名譽もない　未來もない。
さうしてとりかへしのつかない悔恨ばかりが
野鼠のやうに走つて行つた。

輪廻と轉生

地獄の鬼がまわす車のやうに

冬の日はごろごろとさびしくまわつて
輪廻《りんね》の小鳥は砂原のかげに死んでしまつた。
ああ　こんな陰鬱な季節がつづくあひだ
私は　幻《まぼろし》の駱駝にのつて
ふらふらとかなしげな旅行にでようとする。
どこにこんな荒寥の地方があるのだらう！
年をとつた乞食の群は
いくたりとなく隊列のあとを過ぎさつてゆき
禿鷹の屍肉《しにく》にむらがるやうに
きたない小蟲が焼地《やけち》の穢土《ゑど》にむらがつてゐる。
なんといふいたましい風物だらう
どこにもくびのながい花が咲いて
それがゆらゆらと動いてゐる。
考へることもない　かうして暮れ方がちかづくのだらう
戀や孤獨やの一生から
はりあひのない心像も消えてしまつて　ほのかに幽靈のやうに見えるばかりだ

どこを風見の鷄《とり》が見てゐるのか
冬の日のごろごろと廻る瘠地の丘で　もろこしの葉が吹かれてゐる。

青空

このながい煙筒《えんとつ》は
をんなの圓い腕のやうで
空ににょつきり。
空は青明な弧球ですが
どこにも重心の支へがない。
この全景は象のやうで
妙に厖大の夢をかんじさせる。

さびしい來歴

むくむくと肥えふとつて
白くくびれてゐるふしぎな球形《まり》の幻像《いめえぢ》よ
それは耳もない　顔もない　つるつるとして空にのぼる野蔦のやうだ。
夏雲よ　なんたるとりとめのない寂しさだらう！
どこにこれといふ信仰もなく　たよりに思ふ戀人もありはしない。
わたしは駱駝のやうによろめきながら
椰子の實の日にやけた核《たね》を噛みくだいた。
ああ　こんな乞食みたいな生活から
もうなにもかもなくしてしまつた
たうとう風の死んでる野道へきて
もろこしの葉うらにからびてしまつた。
なんといふさびしい自分の來歴だらう。

怠惰の暦

いくつかの季節はすぎ
もう憂鬱の櫻も白つぽく腐れてしまつた。
馬車はごろごろと遠くをはしり
海も　田舍も　ひつそりとした空氣の中に眠つてゐる。
なんといふ怠惰な日だらう
運命はあとからあとからとかげつてゆき
さびしい病鬱は柳の葉かげにけむつてゐる。
もう暦もない　記憶もない
わたしは燕のやうに巣立ちをし、さうしてふしぎな風景のはてを翔つてゆかう。
むかしの戀よ　愛する猫よ！
わたしはひとつの歌を知つてる。
さうして遠い海草の焚けてる空から　爛れるやうな接吻《きす》を投げよう
ああ　このかなしい情熱の外　どんな言葉も知りはしない。

閑雅な食慾

松林の中を歩いて
あかるい氣分の珈琲店《かふえ》をみた。
遠く市街を離れたところで
だれも訪づれてくるひとさへなく
林間の　かくされた　追憶の　夢の中の珈琲店である。
をとめは戀々の羞恥《はぢ》をふくんで
あけぼののやうに爽快な　別製の皿を運んでくる仕組。
私はゆつたりとふほふくを取つて
おむれつ　ふらいの類を喰べた。
空には白い雲が浮んで
たいさう閑雅な食慾である。

馬車の中で

馬車の中で
私はすやすやと眠つてしまつた。
きれいな婦人よ
私をゆり起してくださるな。
明るい街燈《がいとう》の巷《ちまた》をはしり
すずしい緑陰の田舎をすぎ
いつしか海の匂ひも行手にちかくそよいでゐる。
ああ蹄《ひづめ》の音もかつかつとして
私はうつつにうつつを追ふ。
きれいな婦人よ
旅館の花ざかりなる軒にくるまで
私をゆり起してくださるな。

天候と思想

書生は陰氣な寢臺から
家畜のやうに這ひあがつた。
書生は羽織をひつかけ
かれの見る自然へ出かけ突進した。
自然は明るく小綺麗でせいせいとして
そのうへにも匂ひがあつた。
森にも　辻にも　賣店にも
どこにも青空がひるがへりて美麗であつた。
そんな輕快な天氣に
美麗な自動車《かあ》が　娘等がはしり廻つた。
わたくし思ふに
思想はなほ天候のやうなものであるか。
書生は書物を日向にして

ながく幸福のにほひを嗅いだ。

笛の音のする里へ行かうよ

俥に乗つてはしつて行くとき
野も　山も　ばうばうとして霞んでみえる。
柳は風にふきながされ
燕も　歌も　ひよ鳥も　かすみの中に消えさる。
ああ　俥のはしる轍《わだち》を透して
ふしぎな　ばうばくたる景色を行手にみる
その風光は遠くひらいて
さびしく憂鬱な笛の音を吹き鳴らす
ひとのしのびて耐へがたい情緒である。

このへんてこなる方角をさして行け
春の朧げなる柳のかげで　歌も燕もふきながされ
わたしの俥やさんはいつしんですよ。

顔

ねぼけた櫻の咲くころ
白いぼんやりした顔がうかんで
窓で見てゐる。
ふるいふるい記憶のかげで
どこかの波止場で逢つたやうだが
菫の病鬱の匂ひがする
外光のきらきらする硝子窓から
ああ遠く消えてしまつた　虹のやうに。

私はひとつの憂ひを知る
生涯《らいふ》のうす暗い隅を通つて
ふたたび永遠にかへつて來ない。

白い雄鷄

わたしは田舍の鷄です
まづしい農家の庭に羽ばたきし
垣根をこえて
わたしは乾《ひ》からびた小蟲をついばむ。
ああ　この冬の日の陽ざしのかげに
さびしく乾地の草をついばむ
わたしは白つぽい病氣の雄鷄《をんどり》

あはれな　かなしい　羽ばたきをする生物《いきもの》です。

私はかなしい田舎の鶏
家屋をこえ
垣根をこえ
墓場をこえて
はるかの野末にふるへさけぶ
ああ私はこはれた日時計　田舎の白つぽい雄鶏《をんどり》です。

囀鳥

軟風のふく日
暗鬱な思惟《しゐ》にしづみながら
しづかな木立の奥で落葉する路を歩いてゐた。

天氣はさつぱりと晴れて
赤松の梢にかたく囀鳥の騷ぐをみた。
愉快な小鳥は胸をはつて
ふたたび情緒の調子をかへた。
ああ　過去の私の鬱陶しい瞑想から　環境から
どうしてけふの情感をひるがへさう。
かつてなにものをも失つてゐない
人生においてすら
人生においてすら　私の失つたのは快適だけだ。
ああしかし　あまりにひさしく失つてゐる。

厭やらしい建物

雨のふる間

眺めは白ぼけて
建物　建物　びたびたにぬれ
さみしい荒廢した田舍をみる。
そこに感情をくさらして
かれらは馬のやうにくらしてゐた。

私は家の壁をめぐり
家の壁に生える苔をみた。
かれらの食物は非常にわるく
精神さへも梅雨《つゆ》じみて居る。
雨のながくふる間
私は退屈な田舍にゐて
退屈な自然に漂泊してゐる
白ちやけた幽靈のやうな影をみた。

私は貧乏を見たのです

このびたびたする雨氣の中に
ずつくり濡れたる　孤獨の　非常に厭やらしいものを見たのです。

惡い季節

薄暮の疲勞した季節がきた
どこでも室房はうす暗く
慣習のながい疲れをかんずるやうだ。
雨は往來にびしよびしよして
貧乏な長屋が並んでゐる。

こんな季節のつづくあひだ
ぼくの生活は落魄して
ひどく窮乏になつてしまつた。

家具は一隅に投げ倒され
冬の　埃の　運命の日ざしのなかで
蠅はぶむぶむと窓に飛んでる。

こんな季節のつづく間
ぼくのさびしい訪問者は
老年の　よぼよぼした　いつも白粉くさい貴婦人です。
ああ彼女こそ僕の昔の戀人
古ぼけた記憶の　かあてんの影をさまよひあるく情慾の影の影だ。

こんな梅雨のふつてる間
どこにも新しい信仰はありはしない。
詩人はありきたりの思想をうたひ
民衆のふるい傳統は疊の上になやんでゐる。
ああこの厭やな天氣
日ざしの鈍い季節。

ぼくの感情を燃え爛らすやうな構想は
ああもう！　どこにだつてありはしない。

桃李の道

老子の幻想から

聖人よ　あなたの道を教へてくれ
繁華な村落はまだ遠く
鶏《とり》や犢《こうし》の聲さへも　霞の中にきこえる。
聖人よ　あなたの眞理をきかせてくれ。
杏の花のどんよりとした季節のころに
ああ私は家を出で　なにの學問を學んできたか。
むなしく青春はうしなはれて

戀も　名譽も　空想も　みんな泥柳の牆《かき》に涸れてしまつた。
聖人よ
日は田舍の野路にまだ高く
村々の娘が唱ふ機歌《はたうた》の聲も遠くきこえる。
聖人よ　どうして道を語らないか
あなたは默し　さうして桃や李やの咲いてる夢幻の郷《さと》で
ことばの解き得ぬ認識の玄義を追ふか。
ああ　この道徳の人を知らない
晝頃になつて村に行き
あなたは農家の庖厨に坐るでせう。
さびしい路上の聖人よ
わたしは別れ　もはや遠くあなたの沓音《くつおと》を聽かないだらう。
悲しみしのびがたい時でさへも
ああ　師よ！　私はまだ死なないでせう。

まどろすの歌

愚かな海鳥のやうな姿《すがた》をして
瓦や敷石のごろごろとする　港の市街區を通つて行かう。
こはれた幌馬車が列をつくつて
むやみやたらに圓錐形の混雜がやつてくるではないか。
家臺は家臺の上に積み重なつて
なんといふ人畜のきたなく混雜する往來だらう
見れば大時計の古ぼけた指盤の向うで
冬のさびしい海景が泣いて居るではないか。
涙を路ばたの石にながしながら
私の辮髪《べんぱつ》を背中にたれて、支那人みたやうに歩いてゐよう。
かうした暗い光線はどこからくるのか
あるひは理髪師《とこや》や裁縫師《したてや》の軒にARTISTの招牌《かんばん》をかけ
野菜料理や木造旅館の貧しい出窓が傾いて居る。
どうしてこんな貧しい「時」の寫眞を映すだらう。

どこへもう外の行くところさへありはしない
はやく石垣のある波止場を曲り
遠く沖にある帆船へかへつて行かう
さうして忘却の錨を解き　記録のだんだんと消えさる港を尋ねて行かう。

風船乗りの夢

夏草のしげる叢《くさむら》から
ふはりふはりと天上さして昇りゆく風船よ。
籠には舊暦の暦をのせ
はるか地球の子午線を越えて吹かれ行かうよ。
ばうばうとした虚無の中を
雲はさびしげにながれて行き
草地も見えず　記憶の時計もぜんまいがとまつてしまつた。

どこをめあてに翔けるのだらう
さうして酒瓶の底は空しくなり
醉ひどれの見る美麗な幻覺《まぼろし》も消えてしまつた。
しだいに下界の陸地をはなれ
愁ひや雲やに吹きながされて
知覺もおよばぬ眞空圈內へまぎれ行かうよ。
この瓦斯體もてふくらんだ氣球のやうに
ふしぎにさびしい宇宙のはてを
友だちもなく　ふはりふはりと昇つて行かうよ。

佛陀

或は「世界の謎」

赭土《あかつち》の多い丘陵地方の
さびしい洞窟の中に眠つてゐるひとよ。
君は貝でもない　骨でもない　物でもない。
さうして磯草の枯れた砂地に
ふるく錆びついた時計のやうでもないではないか。
ああ　君は「眞理」の影か　幽靈か
いくとせもそこに坐つてゐる
ふしぎの魚のやうに生きてゐる木乃伊《みいら》よ。
このたへがたくさびしい荒野の涯で
海はかうかうと空に鳴り
大海嘯《おほつなみ》の遠く押しよせてくるひびきがきこえる。
君の耳はそれを聽くか？
久遠《くおん》のひと、佛陀よ！

荒寥地方

散歩者のうろうろと歩いてゐる
十八世紀頃の物さびしい裏街の通りがあるではないか。
青や赤や黄色の旗がびらびらして
むかしの出窓に鐵葉《ぶりき》の帽子が飾つてある。
どうしてこんな情感のふかい市街があるのだらう！
日時計の時刻はとまり
どこに買物をする店や市場もありはしない。
古い砲彈の碎片《かけ》などが掘り出されて
それが要塞區域の砂の中で　まつくろに錆びついてゐたではないか
どうすれば好いのか知らない
かうして人間どもの生活する　荒寥の地方ばかりを歩いてゐよう。
年をとつた婦人のすがたは
家鴨《あひる》や鷄鳥《にはとり》によく似てゐて
網膜の映る所に眞紅《しんく》の布《きれ》がひらひらする。

なんたるかなしげな黄昏だらう
象のやうなものが群がつてゐて
郵便局の前をあちこちと彷徨してゐる。
「ああどこに　私の音信《おとづれ》の手紙を書かう！」

ある風景の内殻から

どこにまあ！　この情慾は口をひらいたら好いのだらう。
大海亀《うみがめ》は山のやうに眠つてゐるし
古生代の海に近く
厚さ千貫目ほどもある鷓鴣《しやこ》の貝殻が眺望してゐる。
なんといふ鈍暗な日ざしだらう
しぶきにけむれる岬々の島かげから
ふしぎな病院船のかたちが現はれ

それが沈没した碇の纜《ともづな》をずるずると曳いてゐるではないか。
ねえ！　お嬢さん
いつまで僕等は此處に坐り、此處の悲しい岩に並んでゐるのでせう。
太陽は無限に遠く
光線のさしてくるところにぼうぼうといふほら貝が鳴る。
お嬢さん！
かうして寂しくぺんぎん鳥のやうにならんでゐると
愛も　肝臓も　つららになつてしまふやうだ。
やさしいお嬢さん！
もう僕には希望《のぞみ》もなく　平和な生活《らいふ》の慰めもないのだよ
あらゆることが僕を氣ちがひじみた憂鬱にかりたてる
へんに季節は轉々して
もう春も李もめちやくちやな妄想の網にこんがらかつた。
どうすれば好いのだらう　お嬢さん！
ぼくらはおそろしい孤獨の海邊で　大きな貝肉のやうにふるへてゐる。
そのうへ情慾の言ひやうもありはしないし

こんなにもせつない心がわからないの？
お嬢さん！

輪廻の樹木

輪廻の暦をかぞへてみれば
わたしの過去は魚でもない　猫でもない　花でもない
さうして草木の祭祀に捧げる器物《うつは》や瓦の類でもない。
金《かね》でもなく　蟲でもなく　隕石でもなく　鹿でもない
ああ　ただひろびろとしてゐる無限の「時」の哀傷よ。
わたしのはてない生涯《らいふ》を追うて
どこにこの因果の車を廻して行かう！
とりとめもない意志の悩みが　あとからあとからとやつてくるではないか。
なんたるあいせつの笛の音《ね》だらう。

鬼のやうなものがゐて木の間で吹いてる。
まるでしかたのない夕暮れになつてしまつた。
燈火《ともしび》をともして窓からみれば
青草むらの中にべらべらと燃える提灯がある。
風もなく
星宿のめぐりもしづかに美しい夜《よる》ではないか。
ひつそりと魂の祕密をみれば
わたしの轉生はみじめな乞食で
星でもなく　犀でもなく　毛衣《けごろも》をきた聖人の類でもありはしない。
宇宙はくるくるとまわつてゐて
永世輪廻のわびしい時刻がうかんでゐる。
さうしてべにがらいろにぬられた恐怖の谷では
獸のやうな榛《はん》の木が腕を突き出し
あるひはその根にいろいろな祭壇が乾《ひ》からびてる。
どういふ人間どもの妄想だらう。

暦の亡魂

薄暮のさびしい部屋の中で
わたしのあふむ時計はこはれてしまつた。
感情のねぢは錆びて　ぜんまいもぐだらくに解けてしまつた
こんな古ぼけた暦をみて
どうして宿命のめぐりあふ暦數をかぞへよう。
いつといふこともない
ぼろぼろになつた憂鬱の鞄をさげて
明朝《あした》は港の方へでも出かけて行かう。
さうして海岸のけむつた柳のかげで
首無《くびな》し船のちらほらと往き通《か》ふ帆でもながめてゐよう。
あるひは波止場の垣にもたれて
乞食共のする砂利場の賭博《ばくち》でもながめてゐよう。

どこへ行かうといふ國の船もなく
これといふ仕事や職業もありはしない。
まづしい黑毛の猫のやうに
よぼよぼとしてよろめきながら步いてゐる。
さうして芥燒場《ごみやきば》の泥土《でいど》にぬりこめられた
このひとのやうなものは
忘れた暦の亡魂だらうよ。

沿海地方

馬や駱駝のあちこちする
光線のわびしい沿海地方にまぎれてきた。
交易をする市場はないし
どこで毛布《けつと》を賣りつけることもできはしない。

店鋪もなく
さびしい天幕《てんまく》が砂地の上にならんでゐる。
どうしてこんな時刻を通行しよう
土人のおそろしい兇器のやうに
いろいろな呪文がそこらいつぱいにかかつてしまつた。
景色はもうろうとして暗くなるし
へんてこなる砂風《すなかぜ》がぐるぐるとうづをまいてる。
どこにぶらさげた招牌《かんばん》があるではなし
交易をしてどうなるといふあてもありはしない。
いつそぐだらくにつかれきつて
熱砂《ねつさ》の上にながながと倒れてゐよう。
さうして色の黒い娘たちと
あてのない情熱の戀でもさがしに行かう。

大砲を撃つ

わたしはびらびらした外套をきて
草むらの中から大砲を曳きだしてゐる。
なにを撃たうといふでもない
わたしのはらわたのなかに火薬をつめ
ひきがへるのやうにむつくりとふくれてゐよう。
さうしてほら貝みたいな瞳《め》だまをひらき
まつ青な顔をして
かうばうたる海や陸地を眺めてゐるのさ。
この邊のやつらにつきあひもなく
どうせろくでもない　貝肉の化物ぐらゐに見えるだらうよ。
のらくら息子のわたしの部屋には
春さきの長閑かな光もささず
陰鬱な寝床のなかにごろごろと寝ころんでゐる。
わたしをののしりわらふ世間のこゑごゑ

だれひとりきて慰さめてくれるものもなく
やさしい婦人のうた聲もきこえはしない。
それゆゑわたしの瞳《め》だまはますますひらいて
へんにとうめいなる硝子玉になつてしまつた。
なにを喰べようといふでもない
妄想のはらわたに火薬をつめこみ
さびしい野原に古ぼけた大砲をひきずりだして
どおぼん！　どおぼん！　とうつてゐようよ。

海豹

わたしは遠い田舍の方から
海豹《あざらし》のやうに來たものです。
わたしの國では麥が實り

田畑《たはた》がいちめんにつながつてゐる。
どこをほツつき歩いたところで
猫の子いつぴき居るのでない。
ひようひようといふ風にふかれて
野山で口笛を吹いてる私だ。
なんたる哀せつの生活だらう。
橅《ぶな》や楡《にれ》の木にも別れをつげ
それから毛布《けつと》に荷物をくるんで
わたしはぼんやりと出かけてきた。
うすく櫻の花の咲くころ
都會の白つぽい街路の上を
わたしの人力車が走つて行く。
さうしてパノラマ館の塔の上には
ぺんぺんとする小旗を掲げ
圓頂塔《どうむ》や煙突の屋根をこえて
さうめいに晴れた青空をみた。

ああ　人生はどこを向いても
いちめんに麥のながれるやうで
遠く田舍のさびしさがつづいてゐる。
どこにもこれといふ仕事がなく
つかれた無職者《むしよくもの》のひもじさから
きたない公園のベンチに坐つて
わたしは海豹《あざらし》のやうに嘆息した。

猫の死骸

Ula と呼べる女へ

海綿《かいめん》のやうな景色のなかで
しつとりと水氣にふくらんでゐる。

どこにも人畜のすがたは見えず
へんにかなしげなる水車が泣いてゐるやうす。
さうして朦朧とした柳のかげから
やさしい待びとのすがたが見えるよ。
うすい肩かけにからだをつつみ
びれいな瓦斯體の衣裳をひきずり
しづかに心靈のやうにさまよつてゐる。
ああ浦《うら》　さびしい女
「あなた　いつも遲いのねえ！」
ぼくらは過去もない未來もない
さうして現實のものから消えて了つた……
浦！
このへんてこに見える景色のなかへ
泥猫の死骸を埋めておやりよ。

沼澤地方

Ula と呼べる女へ

蛙どものむらがつてゐる
さびしい沼澤地方をめぐりあるいた。
日は空に寒く
どこでもぬかるみがじめじめした道につづいた。
わたしは　獣《けだもの》のやうに靴をひきずり
あるひは悲しげなる部落をたづねて
だらしもなく　懶惰《らんだ》のおそろしい夢におぼれた。

ああ　浦！
もうぼくたちの別れをつげよう
あひびきの日の木小屋のほとりで

おまへは恐れにちぢまり　猫の兒のやうにふるへてゐた。
あの灰色の空の下で
いつでも時計のやうに鳴つてゐる!
浦!
ふしぎなさびしい心臓よ。
浦!　再び去りてまた逢ふ時もないのに

鴉

青や黄色のペンキに塗られて
まづしい出窓がならんでゐる。
むやみにごてごてと屋根を張り出し
道路いちめん　積み重なつたガタ馬車なり。
どこにも人間の屑がむらがり

そいつが空腹の草履《ざうり》をひきずりあるいて
やたらにゴミタメの葱《ねぎ》を喰ふではないか。
なんたる絶望の光景だらう。
わたしは魚のやうにつめたくなつて
目からさうめんの涙をたらし
情慾のみたされない　いつでも陰氣な悶えをかんずる。
ああ　この噛みついてくる蝎《さそり》のやうに
どこを又どこへと暗愁はのたくり行くか。
みれば兩替店の赤い窓から
病氣のふくれあがつた顔がのぞいて
大きなパイプのやうに叫んでゐた。
「きたない鴉め！　あつちへ行け！」

駱駝

さびしい光線のさしてる道を
わたしは駱駝のやうに歩いてゐよう。
すつぱい女どもの愛からのがれて
なにかの職業でもさがしてみよう。
どことも知らない
遠くの交易市場の方へ出かけて行つて
馬具や農具の古ぼけた商賣《あきなひ》でも眺めてゐよう。
さうして砂原へ天幕《てんと》を張り
懶惰《らんだ》な日にやけた手足をのばして
やくざな人足どもと賭博《ばくち》をやらう。

大井町

おれは泥靴を曳きずりながら
ネギやハキダメのごたごたする
運命の路地をよろけあるいた。
ああ　奥さん！　長屋の上品な嬶《かかあ》ども
そこのきたない煉瓦の窓から
乞食のうす黒いしやつぽの上に
鼠の尻尾でも投げつけてやれ。
それから構内の石炭がらを運んできて
部屋中いつぱい　やけに煤煙でくすぼらせろ。
そろそろ夕景が薄《せま》つてきて
あつちこつちの屋根の上に
亭主のしやべるが光り出した。
へんに紙屑がぺらぺらして
かなしい日光のさしてるところへ
餓鬼《がき》共のヒネびた聲がするではないか。

おれは空腹になりきつちやつて
そいつがバカに悲しくきこえ
大井町織物工場の暗い軒から
わあツと言つて飛び出しちやつた。

吉原

高い板塀の中にかこまれてゐる
うすぐらい陰氣な區域だ。
それでも空地に溝がながれて
木が生え
白き石炭酸の臭《にほ》ひはぷんぷんたり。
吉原！
土堤ばたに死んでる蛙のやうに

白く腹を出してる遊廓地帶だ。

かなしい板塀の圍ひの中で
おれの色女が泣いてる聲をきいた。
夜つぴとへだ。
それから消化不良のうどんを食つて
煤けた電氣の下に寢そべつてゐた。
「また來てくんろよう!」

曇つた絶望の天氣の日でも
女郎屋の看板に寫眞が出てゐる

大工の弟子

僕は都會に行き
家を建てる術を學ばう。
僕は大工の弟子になり
大きな晴れた空に向つて
人畜の怒れるやうな屋根を造らう。
僕等は白蟻の卵のやうに
巨大な建築の柱の下で
うじうじとして仕事をしてゐる。
甍《いらか》が翼《つばさ》を張りひろげて
夏の烈日の空にかがやくとき
僕等は繁華の街上にうじやうじやして
つまらぬ女どもが出してくる
珈琲店《かふえ》の茶などを飲んでる始末だ。
僕は人生に退屈したから

大工の弟子になつて勉強しよう。

附録

散文詩自註

前書

詩の註釋といふことは、原則的に言へば蛇足にすぎない。なぜなら詩の本當の意味といふものは、言葉の音韻や表象以外に存在しない。そして此等のものは、感覺によつて直觀的に感受する外、說明の仕方がないからである。しかし或る種の詩には、特殊の必要からして、註解が求められる場合もある。たとへば我が萬葉集の歌の如き古典の詩歌。ダンテの神曲やニイチエのツアラトストラの如き思想詩には、古來幾多の註釋書が刊行されてる。この前者の場合は、古典の死語が今の讀者に解らない爲であり、この後の場合は、詩の內容してゐる深遠の哲學が、思想上の解說を要するからである。しかし原則的に言へば、此等の場合にもやはり註釋は蛇足である。なぜなら萬葉集の歌は、萬葉の歌言葉を離れて鑑賞することができないし、ニイチエの思想詩は、ツアラトストラの美しい詩語と韻律からのみ、直接に感受することができるからだ。ただしかしかうした類の思想詩は、純正詩である抒情詩に比して、比較的註釋し易く、またそれだけ註釋の意義があるわけである。なぜならこの類の詩では、その寓意する思想上の觀念性が、言葉の感性的要素以上に、內容の實質となつてるからだ。しかしこの種の觀念詩でも、作者の主觀上に於ては、やはり抒情詩と同じく、純なポエヂイとして心象されてることは勿論である。つまりその思想内容の觀念物が、主觀の藝術情操によつて淳化され、高い律動表現の浪を呼び起すほど、實際に詩美化され、リリツク化されてゐるのである。（もしさうでなかつたら、普通の觀念的散文〈感想、隨筆の類〉にすぎない。）本書に納めた私の散文詩も、勿論さうした種類の文學である。故にこの「自註」は、實には詩の註解と言ふべきものでなく、かうした若干の詩が生れるに至る迄の、作者の準備した心のノートを、讀者に公開したやうなものである。だからこの附録は、正當には「散文詩自註」と言ふよりは、むしろ「散文詩覺え書」といふ方が當つてゐるのだ。

文學の作家が、その作品の準備された「覺え書」を公開するのは、奇術師が手品の種を見せるやうなものだ。それは或る讀者にとつて、興味を減殺することになるかも知れないが、或る他の讀者にとつては、別の意味で興味を二重にするであらう。「詩の評釋は、それ自身がまた詩であり、詩でなければならぬ。」とノヴアリスが言つてるが、この私の覺え書的自註の中にも、本文とは獨立して、それ自身にまた一個の文學的エツセイとなつてる者があるかも知れぬ。とにかくこの附録は、本文の詩とは無關係に、また全然無關係でもなく、不即不離の地位にある文章として、讀者の一讀を乞ひたいのである。

パノラマ館にて　幼年時代の追懐詩である。明治何年頃か覺えないが、私のごく幼ない頃、上野にパノラマ館があつた。今の科學博物館がある近所で、その高い屋根の上には、赤地に白くPANORAMAと書いた旗が、葉櫻の陰に翩翻《へんぽん》としてゐた。私は此所で、南北戰爭とワータルローのパノラマを見た。狹く暗く、トンネルのやうになつてる梯子段を登つて行くと、急に明るい廣闊とした望樓に出た。不思議なことには、そのパノラマ館の家の中に、戸外で見ると同じやうな青空が、無限の穹窿となつて廣がつてるのだ。私は子供の驚異から、確かに魔法の國へ來たと思つた。

見渡す限り、現實の眞の自然がそこにあつた。野もあれば、畑もあるし、森もあれば、農家もあつた。そして穹窿の盡きる涯には、一抹模糊たる地平線が浮び、その遠い青空には、夢のやうな雲が白く日に輝いてゐた。すべて此等の物は、實には油繪に描かれた景色であつた。しかしその館の構造が、光學によつて巧みに光線を利用してるので、見る人の錯覺から、不思議に實景としか思はれないのである。その上に繪は、特殊のパノラマ的手法によつて、透視畫法を極度に效果的に利用して描かれてゐた。ただ望樓のすぐ近い下、觀者の眼にごく間近な部分だけは、實物の家屋や樹木を使用してゐた。だがその實物と繪とのつなぎが、いかにしても判別できないやうに、光學によつて巧みに工夫されてゐた。後にその構造を聞いてから、私は子供の熱心な好奇心で、實物と繪との境界を、どうにかして發見しようとして熱中した。そして遂に、口惜しく絶望するばかりであつた。

館全體の構造は、今の國技館などのやうに圓形になつて居るので、中心の望樓に立つて眺望すれば、四方の全景が一望の下に入るわけである。そこには一人の説明者が居て、畫面のあちこちを指さしながら、絶えず抑揚のある聲で語つてゐた。その説明の聲に混つて、不斷にまたオルゴールの音が聽えてゐた。それはおそらく、館の何所かで鳴らしてゐるのであらう。少しも騒がしくなく、靜かな夢みるやうな音の響で、絶えず子守唄のやうに流れてゐた。(その頃は、まだ蓄音機が渡來してなかつた。それでかうした音樂の場合、たいてい自鳴機のオルゴールを用ゐた。)

パノラマ館の印象は、奇妙に物靜かなものであつた。それはおそらく畫面に描かれた風景が、その動體のままの位地で、永久に靜止してゐることから、心象的に感じられるヴイジヨンであらう。馬上に戰況を見てゐる將軍も、銃をそろへて突撃してゐる兵士たちも、その活動の姿勢のままで、岩に刻まれた人のやうに、永久に靜止してゐるのである。それは環境の印象が、さながら現實を生寫しにして、あだかも實の世界に居るやうな錯覺をあたへることから、不思議に矛盾した奇異の思ひを感じさせ、宇宙に太陽が出來ない以前の、劫初の靜寂を思はせるのである。特に大砲や火藥の煙が、永久に消え去ることなく、その同じ形のままで、遠い空に夢の如く浮んでゐるのは、寂しくもまた悲しい限りの思ひであつた。その上にもまた、特殊な館の構造から、入口の梯子を昇降する人の足音が、周圍の壁に反響して、遠雷を聽くやうに出來てるるので、あたかも畫面の中の大砲が、遠くで鳴つてるやうに聽えるのである。

だがパノラマ館に入つた人が、何人も決して忘られないのは、油繪具で描いた空の青色である。それが現實の世界に穹窿してゐる、現實の青空であることを、初めに人人が錯覺することから、その油繪具のワニスの匂ひと、非現實的に美しい青色とが、この世の外の海市のやうに、阿片の夢に見る空のやうに、妖しい夢魔の幻覺を呼び起すのである。

AULD LANG SYNE!　人は新しく生きるために、絶えず告別せねばならない。すべての古き親しき知己から、環境から、思想から、習慣から。

告別することの悦びは、過去を忘却することの悦びである。「永久に忘れないで」と、波止場に見送る人人は言ふ。「永久に忘れはしない」と、甲板《デッキ》に見送られる人人が言ふ。だが兩方とも、意識の潛在する心の影では、忘却されることの悦びを知つてゐるのだ。それ故にこそ、あの *Auld lang syne*（螢の光）の旋律が、古き事物や舊知に對する告別の悲しみを奏しないで、逆にその麗らかな船出に於ける、忘却の悦びを奏するのである。

荒寥たる地方での會話　現代の日本は、正に「荒寥たる地方」である。古き傳統の文化は廢つて、新しき事物はまだ興らない。我等の時代の日本人は、見る物もなく、聞く物もなく、色もなく匂ひもなく、趣味もなく風情もないところの、滿目蕭條たる文化の廢跡に坐してゐるのである。だがしかし、我等の時代のインテリゼンスは、その蕭條たる廢跡の中に、過渡期のユニイクな文化を眺め、津津として盡きない興味をおぼえるのである。洋服を着て疊に坐り、アパートに住んで味噌汁を啜る僕等の姿は、明治初年の畫家が描いた文明開化の圖と同じく、後世の人人に永くエキゾチックの奇觀をあたへ、情趣深く珍重されるにちがひないのだ。

寂寥の川邊　支那の太公望の故事による。

地球を跳躍して　詩人は常に無能者ではない。だが彼等の悲しみは、現實世界の俗務の中に、興味の對象を見出すことが出來ないのである。それ故に主觀者としての彼等は、常に心ひそかに思ひ驕り、自己の大いに爲すある有能を信じてゐる。だが彼等は、何時《いつ》、何所《どこ》で、果して何事をするのだらう。地球を越えて、惑星の世界にでも行かなかつたら！

田舍の時計　田舍の憂鬱は、無限の單調といふことである。或る露西亞の作家は、農夫の生活を蟻に譬へた。單に勤勉だといふ意味ではない。數千年、もしくは數萬年もの長い間、彼等の先祖が暮したやうに、その子孫もその子孫も、そのまた孫の子孫たちも、永遠に同じ生活を反覆してるといふことなのである。――田舎に於ては、すべての家家の時計が動いて居ない。

球轉がし　人生のことは、すべて「機因《チャンス》」が決定する。ところで機因《チャンス》は、宇宙の因果律が構成するところの、複雑微妙極みなきプロバビリチイの數學から割り出される。機因《チャンス》は「宿命」である。それは人間の意志の力で、どうすることもできない業《カルマ》なのだ。だがそれにもかかはらず、人人は尙「意志」を信じてゐる。意志の力と自由によつて、宇宙が自分に都合よく、プロバビリチイの骰子《さいころ》の目が、思ひ通りに出ることを信じてゐる。「よし、私の力を試してみよう」と、壓しつけられた曇天の日に、悲觀の沈みきつたどん底からさへも、人人は尙健氣《けなげ》に立ち上る。だが意志の無力が實證され、救ひなき絶望に陷入つた時、人人はそこに「奇蹟」を見る。そしてハムレットのやうに、哲人ホレーシオの言葉を思ひ出すのである。――この世の中には、人智の及びがたい樣樣の不思議がある！

鯉幟を見て　日本の鯉幟りは、多くの外國人の言ふ通り、世界に於ける最も珍しい、そして最も美しい景物の一つである。なぜならそれは、世の親たちの子供に對する、すべてのエゴイズムの願望の、最も露骨にして勇敢な表現であるからである。家家の屋根を越えて、青空に高くひるがへる魚の像《かたち》は、子供の將來に於ける立身出世と、富貴と健康と、名譽と榮達と、とりわけ男らしい勇氣を表象して祝福されてゐる。だが風のない曇天の日に、そのだらりとぶらさがつた紙の魚の、息苦しく喘ぐ姿を見る時、世の親たちが、どんな不吉な暗い感じを、子供の將來について豫感するかを思ふのである。それらの親たちは、長い間人生を經驗して、様様の苦勞をし盡して來た。すべての世の中のことは、何一つ自分の自由にならないこと、人生は涙と苦惱の地獄であること、個人の意志の力が、運命の前に全く無力であることなどを、彼等は經驗によつてよく知つてる。出產によつて、今や彼等はその分身を、生存競爭の闘爭場に送り出し、かつて自分等が經驗した、その同じ地獄の試練に耐へさせねばならないのだ。そして此所に、親たちの痛ましい決意がある。「決して子供は、自分のやうに苦勞させてはならない。」かく世の親たちは、一様に皆考へてる。だが宇宙の決定されてる方則は、悲しい人間共の祈禱を、甘やかしに聽いてはくれないのである。宇宙の方則は辛辣であり、何人に對しても苛責なく、殘忍無慈悲に鐵則されてる。この世で甘やかされるものは、その暖かい寢床《ベット》に眠つて、母親にかしづかれてる子供だけだ。だがその子供ですら、既に生れ落ちた日の肉體の中に、先祖の業《カルマ》した様様の病因をもち、性格と氣質の決定した素因を持つてるのだ。そして此等の素因が、避けがたく既に彼等の將來を決定してゐる。どんなにしても、人はその「豫定の運命」から脫がれ得ない。すべての人人は、生れ落ちた赤兒の時から、恐ろしい夢魔に惱まされてる。

その赤兒たちの夢の中には、いつも先祖の幽靈が現はれて、彼等のやがて成長し、やがて經驗するであらうところの、未知の魑魅魍魎について語るのである。——人間の意志の力ではなく、自然の氣まぐれな氣流ばかりが、鯉幟りの魚を泳がすやうに、我我の子供等もまた、運命を占筮されてゐるのである。

情緒よ！　君は歸らざるか　この「胡弓」は戀を表徴してゐる。古い、侘しい、遠い日の失戀の詩である。或はまた、私から忘られてしまつた、昔の悲しいリリツクを思ふ詩である。

港の雜貨店で　ノスタルヂア！　破れた戀の記錄である。

死なない蛸　生とは何ぞ。死とは何ぞ。肉體を離れて、死後にも尚存在する意識があるだらうか。私はかかる哲學を知らない。ただ私が知つてることは、人間の執念深い意志のイデアが、死後にも尚死にたくなく、永久に生きてゐたいといふ願望から、多くの精靈《スピリツト》を創造したといふことである。それらの精靈《スピリツト》は、目に見えない靈の世界で、人間のやうに飲食し、人間のやうに思想して生活してゐる。彼等の名は、餓鬼、天人、妖精等と呼ばれ、我等の身邊に近く住んで、宇宙の至る所に瀰漫《びまん》してゐる。水族館の侘しい光線がさす槽の中で、不死の蛸が永遠に生きてるといふ幻想は、必しも詩人のイマヂスチックな主觀ではないだらう。

鏡　戀愛する「自我」の主體についての覺え書。戀愛が主觀の幻像であり、自我の錯覺だといふこと。

虚數の虎　「機因《チャンス》」といふ現象は、客觀的には決定されたもの（因果律の計算する必然的な數字）であるけれども、主觀的には全く氣まぐれな運であり、偶然のものにすぎない。賭博の興味は、その氣まぐれな運をひいて、偶然の骰子《さいころ》をふることから、必然の決定されてる結果を、虚數の上に賭け試みることの冒險にある。すべての博徒等は、その生涯を惜しげもなく、かかる冒險に賭けて悔いないところの、烈しい情熱を持つてゐる。しかしながらその情熱は、何の實數的所得もないところの、單なる虚數の浪費にすぎない。怒れる虎が、空洞に咆えるやうなものである。

自然の中で　「耳」といふ題で、私は他の別のところに、この短かい詩を書き改へた。その全文は山の中腹に耳がある。

何れにしても同じく、表現しようとしたことは、永劫の時間に渡つて、無限の空間に實在してゐるところの、大自然の巨人のやうな靜寂さを描いたのである。老子の所謂「谷神不死」「玄ノ玄、牝ノ牝、コレヲ玄牝ト謂フ」の類。

觸手ある空間　東洋に於て宿命的なるものは、必しも建築ばかりでない。

大佛　大佛は、東洋人の宗教的歸依が心象する夢魔である。

黑い洋傘　洋傘は宿命を象徴する。

國境にて　過去の思想や慣習を捨て、新しい生活へ突進する人は、その轉生の旅行に於て、汽車が國境を越える時に、舊き親しかつた舊知の物への、別離の傷心なしに居られない。

齒をもてる意志　生きんとする意志。生殖しようとする意志。すべての生物は、その盲目的な生命本能の指令によつて、悲しくも衝動のままに動かされてる。ひとり寂しく、薄暮の部屋に居る時さへも、鱶のやうに鋭どい歯で、私の肉に噛みついてくる意志！

墓　死とは何だらうか？　自我の滅亡である。では自我《エゴ》とは何だらうか。そもそもまた、意識する自我《エゴ》の本體は何だらうか？　デカルトはこれを思惟の實體と言ひ、カントは認識の主辭だと言ひ、ベルグソンは記憶の純粋持續だと言ひ、ショペンハウエルと佛教とは、意志の錯覺によつて生ずるところの、無明と煩惱の因縁《いんねん》だと言ふ。そして尚近代の新しい心理學者は、自我の本體を意識の温覺感點だと言ふ。諸説紛紛。しかしながら、たとへそれが虚妄の幻覺であるとしても、デカルトの思惟したことは誤つてない。なぜなら「我れが有る」といふことほど、主觀的に確かな信念はないからである。だがかかる意識の主體が、肉體の亡びてしまつた死後に於ても、尚且つ「不死の蛸」のやうに、宇宙のどこかで生存するかといふ疑問は、もはや主觀の信念で解答されない。おそらく我々は、少しばかりの骨片と化し、瓦や蟾蜍と一所に、墓場の下に棲むであらう。そこにはもはや何物もない。知覺も、感情も、意志も、悟性も、すべての意識が消滅して、土塊と共に、永遠の無に歸するであらう。ああしかし……にもかかはらず、尚且つ人間の妄執は、その蕭條たる墓石の下で、永遠に生きて居たいと思ふのである。とりわけ不運な藝術家等――後世の名譽と報酬を豫想せずには、生きて居られなかつたやうな人人は、死後にもその墓石の下で、眼を見ひらき、永遠に生きて居なければならないのである。どんな高僧智識の說教も、はたまたどんな科學や哲學の實證も、かかる妄執の鬼に取り憑かれた、怨靈の人を調伏することはできないだらう。

神神の生活　人間と同じく、神神にもまた種種の階級がある。そしてその階級の低いものは、無智な貧しい人人と共に、裏街の家の小さな神棚や、農家の暗い祭壇や、僅かばかりの小資本で、ささやかな物を賣つて生計してゐるところの、町町の隅の駄菓子屋、飲食店、待合、藝者屋などの神棚で、いつも侘しげに生活してゐる。日本の都會では、露路の至るところに、小さな侘しげな祠《ほこら》があり、狐や、猿や、大黑天や、鬼子母神や、その他の得體のわからぬ神神が、信心深く祭られてゐる。そして田舍には、尙一層多くの神神が居る。すべての農民等は、邸の中に氏神と地祖神を祭つて居り、田舍の寂しい街道には、行く所に地藏尊と馬頭觀音が安置され、暗い寂しい竹藪の陰や、田の畔《くろ》の畦道《あぜみち》每には、何人もかつてその名を知らないやうな、得體のわからぬ奇妙な神神が、その存在さへも氣付かれないほど、小さな貧しい祠《ほこら》で祀られてゐる。

すべて此等の神神を拜むものは、その日の糧に苦しむほど、憐れに貧しい小作人の農夫等である。或はその家族の女共である。都會に於ても同じやうに、かうした神神に供物を捧げる人人は、概ね皆社會の下層階級に屬するところの、無智で貧しい人人である。

「原則として」と小泉八雲のラフカヂオ・ヘルンが評してゐる。「かうした神神を信ずる人は、概して皆正直で、純粋で、最も愛すべき善良な人人である。」と。それから尚ヘルンは、かかる神神を泥靴で蹴り、かかる信仰を讒罵し、かかる善良な人人を誘惑して、キリスト教の僞善と惡魔を教へようとする外人宣教師を、仇敵のやうに痛罵してゐる。だがキリスト教のことは別問題とし、かうした信仰に生きてゐる人人が、概して皆單純で、正直で、善良な愛すべき人種に屬することは、たしかにヘルンの言ふ如く眞實である。此等の貧しい無智の人たちは、實にただ僅かばかりの物しか、その神神の恩寵に要求して居ないのである。田舍の寂しい畔道で、名も知れぬ村社の神の、小さな祠《ほこら》の前に額づいてゐる農夫の老婆は、その初孫の晴着を買ふために、今年の秋の收穫に少しばかりの餘裕を惠み給へと祈つてゐるのだ。そして都會の狹い露路裏に、稻荷の鳥居をくぐる藝者等は、彼等の弗箱である客や旦那等が、もつと足繁く通ふやうに乞うてるのである。何といふ寡慾な、可憐な、愼ましい祈願であらう。おそらく神神も祠の中で、可憐な人間共のエゴイズムに、微笑をもらしてゐることだらう。だがその神神もまた、さうした貧しい純良な人と共に、都會の裏街の露路の隅や、田舍の忘られた藪陰などで、侘しくしよんぼりと暮して居るのだ。常に至る所に、人間の生活があるところには、それと同じやうな階級に屬するところの、樣樣の神神の生活がある。そしてその神神の祠《ほこら》は、それに祈願をかける人人の、欲望の大小に比例してゐる。ほんの僅かばかりの、愼《つつ》ましい祈願をかける人人の神神は、同じやうに愼《つつ》ましく、小さな些《ささ》やかな祠《ほこら》で出來てる。人生の薄暮をさ迷ひ歩いて、物靜かな日陰の小路に、さうした侘しい神神の祠を見る時ほど、人間生活のいぢらしさ、悲しさ、果敢なさ、生の苦しさを、侘しく沁沁と思はせることはないのである。

郵便局　ボードレエルの散文詩「港」に對應する爲、私はこの一篇を作つた。だが私は、その世界的に有名な詩人の傑作詩と、價値を張り合はうといふわけではない。

海　海の憂鬱さは、無限に單調に繰返される浪の波動の、目的性のない律動運動を見ることにある。おそらくそれは何億萬年の昔から、地球の劫初と共に始まり、不斷に休みなく繰返されて居るのであらう。そして他のあらゆる自然現象と共に、目的性のない週期運動を反覆してゐる。それには始もなく終もなく、何の意味もなく目的もない。それからして我我は、不斷に生れて不斷に死に、何の意味もなく目的もなく、永久に新陳代謝をする有機體の生活を考へるのである。あらゆる地上の生物は、海の律動する浪と同じく、宇宙の方則する因果律によつて、盲目的な意志の衝動で動かされてる。人が自ら欲情すると思ふこと、意志すると思ふことは、主觀の果敢ない幻覺にすぎない。有機體の生命本能によつて、衝動のままに行爲してゐる、細菌や蟲ケラ共の物理學的な生活と、我我人間共の理性的な生活とは、少し離れた距離から見れば、蚯蚓《みみず》と脊椎動物との生態に於ける、僅かばかりの相違にすぎない。すべての生命は、何の目的もなく意味もない、意志の衝動によつて盲目的に行爲してゐる。

海の印象が、かくの如く我々に教へるのである。それからして人人は、生きることに疲勞を感じ、人生の單調な日課に倦怠して、早く老いたニヒリストになつてしまふ。だがそれにもかかはらず人人は、尙海の向うに、海を越えて、何かの意味、何かの目的が有ることを信じてゐる。そして多くの詩人たちが、彼等のロマンチックな空想から、無數に美しい海の詩を書き、人生の讃美歌を書いてるのである。

父　父はその家族や子供等のために、人生の戰鬪場裡に立ち、絕えず戰つてなければならぬ。その困難な戰ひを乘り切る爲には、卑屈も、醜陋も、追從も、奸譎も、時としては不道德的な破廉恥さへも、あへて爲さなければならないのである。だが子供たちの純潔なロマンチスムは、かかる父の俗惡性を許容しない。彼等は母と結托して、父に反抗の牙をむける。概ねの家庭に於て、父は常に孤獨であり、妻と子供の聯盟帶から、ひとり寂しく仲間はづれに除外される。彼等がもし、家族に於て眞の主權者であり、眞の專制者であればあるほど、益益家族は聯盟を强固にし、益益子供等は父を憎むのである。だが父の孤獨は、實には彼が生殖者でないことに原因してゐる。子供たちは、嚴重の意味に於ては、父の肉體的所有物に屬してゐない。母は子供たちの細胞である。だが父は眞の細胞ではない。言はば彼等は、子供等にとつて「義理の肉親」にすぎないのである。それ故にどんな父も、子供をその母から奪ひ、味方の聯盟陣に入れることはできないのである。

　しかしながら子供等は、その内密の意識の下では、父の悲哀をよく知つてる。そして世間のだれよりもよく、父の實際の敵——戰士であるところの父は、社會の至る所に多くの敵をもつてる。——を認識してゐる。それからして子供等は、彼の不幸な父を苦しめた敵に向つて、いつでも復讐するやうに用意してゐる。（封建時代とはちがつた仕方で、今の資本主義の世の中にも、孝子の仇敵《かたき》討ちがふだんに行はれて居ることを知るべきである。）最も平凡で、意氣地がなく、ぐうたらな父でさへも、その子供等にとつて見れば、人生の戰ひに慘敗した、悲壯なナポレオン的英雄なのだ。

　かくの如くして、人類史以來幾千年。父は永遠に悲壯人として生活した。

敵　敵への怒りは、劣弱者が優勢者に對する、權力感情の發揚である。

物質の感情　ロボットの悲哀を思へ。物質であるところのものは、思惟することも、意志することも、生殖することもできないのだ。

物體　人は悲哀からも、化石することを希望する。

時計を見る狂人　詩人たちは、絶えず何事かの仕事をしなければならないといふ、心の衝動に驅り立てられてる。そのくせ彼等は、絶えずごろごろと怠けて居り、塵の積つた原稿紙を机上にして、一生の大半を無爲に寢そべつてゐるのである。しかもその心の中では、不斷に時計の秒針を眺めながら、できない仕事への焦心を續けてゐる。

橋　日本の橋は、もつともリリカルの夢を表象してゐる。あはれな、たよりのない、木造の侘しい橋は、現實の娑婆世界から、彌陀の淨土へ行くための、時間の過渡期的經過を表象し、水を距てて空間の上に架けられてる。それ故に河の向うは彼岸（靈界）であり、河のこつちは此岸（現實界）である。

詩人の死ぬや悲し　現實的な世俗の仕事は、すべて皆「能率」であり、實質の功利的價値によつて計算される。だが文學と藝術とは、本質的に能率の仕事ではない。それは功利上の目的性をもたないところの、眞や美の價値によつて批判される。故に藝術の仕事には、永久に「終局」といふものがないのである。そして詩人は、彼の魂の祕密を書き盡した日に、いよいよ益益寂しくなり、いよいよ深く生の空虚を感ずるのである。著作！　名聲！　そんなものの勳章が、彼等にとつて何にならう。

主よ。休息をあたへ給へ！　詩人として生れつき、文學をする人の不幸は、心に休息がないといふことである。彼等はいつも、人生の眞實を追求して、孤獨な寂しい曠野を彷徨してゐる。家に居る時も、外に居る時も、讀書してる時も、寢そべつてる時も、仕事してる時も、怠けてゐる時も、起きてる時も、床にゐる時も、夜も晝も休みなく、絶えず何事かを考へ、不斷に感じ、思ひ、惱み、心を使ひ續けてゐるのである。眠れない夜の續く枕許に、休息のない水の流れの、夜更《よ》けて淙淙といふ音をきく時、いかに多くの詩人たちが、受難者として生れたところの、自己の宿命を嘆くであらう。「主よ。もし御心に適ふならば、この苦き酒盃《さかづき》を離し給へ。されど爾《なんぢ》にして欲するならば、御心のままに爲し給へ。」といふ耶蘇の祈りの深い意味を、彼等はだれよりもよく知つてるのである。

父と子供　詩集「氷島」の中で歌つた私の數數の抒情詩は、「見よ！　人生は過失なり」といふ詩語に盡きる。此所にはそれを散文で書いた。——主はその一人兒を愛するほどに、罪びと我れをも救ひ給へ！

蟲　散文詩といふよりは、むしろコントといふ如き文學種目に入るものだらう。此所で自分が書いてることは、或る神經衰弱症にかかつた詩人の、變態心理の描寫である。「鐵筋コンクリート」と「蟲」との間には、勿論何の論理的關係もなく、何の思想的な寓意もない。これが雜誌に發表された時、二三の熱心の讀者から、その點での質問を受けて返事に窮した。しかし精神分析學的に探究したら、勿論この兩語の間に、何かの隱れた心理的關聯があるにちがひない。なぜならその詩人といふものは、著者の私のことであり、實際に主觀上で、私がかつて經驗したことを書いたのだから。

しかし多くの詩人たちは、自己の詩作の經驗上で、だれも皆こんなことは知つてる筈だ。近代の詩人たちは、言葉を意味によつて聯想しないで、イメーヂによつて飛躍させる。たとへば或る詩人は、「馬」といふ言葉から「港」をイメーヂし、「a」といふ言葉から「蠅」を表象し、「象」といふ言葉から「墓地」を表現させてる。かうしたイメーヂの聯絡は、極めて飛躍的であり、突拍子もない荒唐のものに思はれるだらうが、作者の主觀的の心理の中では、その二つの言葉をシノニムに結ぶところの、歷とした表象範則ができてるのである。しかもその範則は、作者自身にも知られてない。なぜならそれは、夢の現象と同じく、作者の潜在意識にひそむ經驗の再現であり、精神分析學だけが、科學的方法によつて抽出し得るものであるから。

それ故詩人たちは、本來皆、自ら意識せざる精神分析學者なのである。しかしそれを特に意識して、自家の藝術や詩の特色としたものが、西洋の所謂シユル・レアリズム（超現實派）である。シユル・レアリズムの詩人や畫家たちは、意識の表皮に浮んだ言葉や心像やを、意識の潜在下にある經驗と結びつけることによつて、一つの藝術的イメーヂを構成することに苦心してゐるが、單に彼等ばかりでなく、一般に近代の詩人たちは、だれも皆かうした「言葉の迷ひ兒さがし」に苦勞して居り、その點での經驗を充分に持つてる筈である。そこで私のこのコントは、かうした詩人たちの創作に於ける苦心を、心理學的に解剖したものとも見られるだらう。

貸家札　これも前と同じく、夢の潜在意識を書いたシユル・レアリズム風の作品である。原作では、これに「映畫のシナリオとして」といふ小書をつけておいた。

虚無の歌　ヱビス橋のビアホールは、省線の惠比壽驛に近く、工場區街にあり、常客の大部分が職工や勞働者であるため、晝間はいつも閑寂にがらんとしてゐるのである。一頃《ひところ》私はその近所に居たので、毎日のやうに通つて麥酒を飲んだり、人氣のない廣間の中で、ぼんやり物を考へながら、秋の日の午後を暮してゐた。

此等の詩篇で、私は相當に言葉の音律節奏に留意した。ボードレエルの言ふ「韻律を蹈まないで、しかも音樂的節奏を感銘づける文學」に、多少或る程度迄近づけようと努力した。しかし抒情詩とちがつて、理智的な思想要素が多い散文詩では、本來さうした哲學性に缺乏してゐる日本語が、殆んど本質的に不適當である。日本語で少しく思想的な詩を書かうとすると、必然的に無味乾燥な觀念論文になつてしまふ。でなければ全く音樂節奏のない印象散文になつてしまふ。日本語を用ゐる限り、ボードレエルの藝術的散文詩は眞似ができない。しかし私は特異な文體を工夫して、不滿足ながら多少の韻文性――すくなくとも普通の散文に比して、幾分かの音樂的抑揚のある文章――を書いて見た。それがこの書中の「虛無の歌」「臥床の中で」「海」「墓」「郵便局」「パノラマ館にて」等の數篇である。嚴重に言へば、此等の若干の物だけが「散文詩」であり、他は未だ「詩」といふべきものでないかも知れない。

物みなは歳日と共に亡び行く　この文中にある郷土の景物は、すべて私の舊作「郷土望景詩」から取材したものである。郷土望景詩は、私の第三詩集「純情小曲集」中に編入されてるが、この書の後半、抒情詩篇中にもその中の數篇を拔選してある。

［解説］朔太郎の「イマヂスチック」

粟津則雄

萩原朔太郎の詩集『宿命』が刊行されたのは、一九三九年（昭和十四年）九月、朔太郎五十三歳のときのことだ。ふつうこれが彼の最後の詩集ということになっているが、実を言うとこういう位置づけは少々落ち着きが悪い。この詩集は、「散文詩」と題された第一部と、「抒情詩」と題された第二部でできているが、第一部に収められた七十三篇は、「蟲」「虚無の歌」「貸家札」「この手に限るよ」「臥床の中で」「物みなは歳日と共に亡び行く」など一九三六―三八年に書かれた六篇をのぞけば、元来散文詩として書かれたものではない。『新しき欲情』（一九二二）、『虚妄の正義』（一九二二）、『絶望の逃走』（一九三五）といったすでに出ているアフォリズム集のなかからその十分の一ほどを選び出し、それらを「散文詩」という名前でまとめたにすぎないのである。一方、「抒情詩」としてまとめられた六十八篇は、すべて『青猫』（一九二三）、『蝶を夢む』（一九二三）、『純情小曲集』（一九二五）、『氷島』（一九三五）、『定本青猫』（一九三六）など、これまたすでに出ている詩集から選ばれたものだ。こういうことを考えると、事実、最後の詩集にはちがいないが、これを、それまでの詩集と同じような意味で詩集とは呼びかねるような気がしてくる。

　だが、そうは言っても、これを単なる自選詩集として片づけることもできない。その点、朔太郎が、散文詩は全体の半ばを占めるにすぎないにもかかわらず、巻頭に「散文詩について序に代へて」という文章をすえていることは注意していい。その文章で、彼はまず「散文詩とは何だらうか」と自問し、「西洋近代に於けるその文學の創見者は、普通にボードレエルだと言はれてゐるが、彼によれば、一定の韻律法則を無視し、自由の散文形式で書きながら、しかも全體に音樂的節奏が高く、且つ藝術美の香氣が高い文章を、散文詩と言ふことになるのである」と述べている。これは、ボードレールの散文詩集『パリの憂鬱』の序文となっている「アルセーヌ・ウーセイに寄せて」という文章のなかの次のようなことばを踏まえたものだ。

「律動《リトム》もなく脚韻《リーム》もなくて充分に音楽的であり魂の抒情的な流れにも、空想の波動にも、意識の飛躍にも適するような、柔軟にして突兀《とっこつ》なる詩的散文の奇跡を、僕達のうちの一人として、青春の野望に充ちた日々において、夢みなかった者があるでしょうか」（福永武彦訳）

　朔太郎は、散文詩についてのこのような考えを要約しているのだが、彼の語り方には、単なる要約には留まらぬ深い共感のようなものが感じられる。考えてみれば、わが国の近代詩において、散文詩は朔太郎によってはじめられたわけではない。昭和初年においてすでに北川冬彦らによる新散文詩の運動があったのであって、朔太郎がそういう運動を受け継ぐことによってではなく、ボードレールを範としてその散文詩のイメージを作りあげている点に、その独創があると言っていいだろう。

もっとも、朔太郎は、ボードレールから散文詩の啓示を受けただけではなかった。韻文詩と散文詩とのかかわり方という点でも、ボードレールと生き生きと響き合っているようだ。先に引いた文章のなかで、ボードレールは、若年の頃に散文詩という「詩的散文の奇跡」を夢みなかった者がいるだろうかと述べていたが、ボードレール自身が、若年の頃に、散文詩を夢見るだけではなく実際に試みたかどうかはよくわからない。残された作品を見るかぎり、彼が散文詩にのめり込むようになったのは、一八五七年に、その唯一の韻文詩集である『悪の華』ができあがったあとのことなのである。以後、彼は散文詩の制作に没頭するのだが、これは彼にとって、韻文詩の仕事にいちおうの区切りがついたから今度は新趣向として散文詩を試みるというような気楽な話ではなかった。彼の場合、散文詩の制作は『悪の華』の完成を必須の条件としているように見える。外を眺める眼と内を見つめる眼とが精妙に響きあい応じあった『悪の華』という完璧な球体が完成したときはじめて、この球体を包み、支え、それを生かしている生そのものへ、彼の詩を拓くことが可能になったと言っていいだろう。「アルセーヌ・ウーセイに寄せて」では、先の引用に続けて、この生をこんなふうに描き出すのである。

「この執拗な念願の生じたのは、特に言えば、足繁く往来した大都会の生活、その中に生きる無数の人びと相互の、複雑した交渉に起因するものです。親しい友よ、君もまた『硝子売り』の甲高い叫び声を一篇の小唄《シャンソン》に歌おうと試みたことはありませんか。衢《ちまた》の厚い霧を通して、屋根裏部屋にまで響いて来るこの声のうら悲しい暗示を一種の抒情的散文に物してみようと思ったことはありませんか」(同前)

ボードレールにとっての散文詩の意味あいがよくわかる。そして朔太郎は、韻文詩と散文詩との、こういう独特の、のっぴきならぬ結びつきという点でボードレールと連なるのである。

これは、朔太郎がボードレールと同じことをしているという意味ではない。すでに触れたように、『宿命』におさめられた散文詩は、ほとんどすべて元来散文詩として書かれたものではなかった。すでに書いたアフォリズムのなかから、彼が想いいたった散文詩のイメージにふさわしいものを選び、それらをまとめて散文詩と名づけているにすぎないのである。朔太郎は序のなかで、散文詩の形態上の特質として、「一定の韻律法則を無視」すること、「音樂的節奏」、それに「藝術美の香氣」などをあげていたが、さらにその「内容上」の特質として、こんなふうに述べている。

「ツルゲネフの散文詩でも、ボードレエルのそれでも、すべて散文詩と呼ばれるものは、一般に他の純正詩（抒情詩など）に比較して、内容上に觀念的、思想的の要素が多く、イマヂスチツクであるよりは、むしろエツセイ的、哲學的の特色を多量に持つてる如く思はれる。そこでこの點の特色から、他の抒情詩等に比較して、散文詩を思想詩、またはエツセイ詩と呼ぶこともできると思ふ。」

このような朔太郎の指摘が間違っているわけではない。だが、『パリの憂鬱』のなかの散文詩について「イマヂスチックであるよりは、むしろエッセイ的、哲學的の特色を多量に持ってる」ことをその一般的特色とすることはできないだろう。確かにそう言えるような作品もあるが、大都会に生きる人びとの生活や、屋根裏部屋にまで響いて来る硝子売りのうら悲しい叫び声についての彼の言及からもうかがわれるように、充分に「イマヂスチック」な作品もいくらもある。ここで朔太郎は、ツルゲーネフやボードレールの名前をあげてはいるものの、散文詩の観念をいささか自分自身に引きつけすぎているようだ。もちろん誰にでも多少ともこういうことは起こりうるのだが、朔太郎の場合は、そういう一般的な例のひとつとして片づけることはできない。そこには、みずからのアフォリズムを散文詩と呼ぶに到った朔太郎の志向が強く働いていると見るべきだろう。だが、厄介なことに、問題はそう言うだけでは片づかぬところがある。

自分の散文詩のイメージをはっきりと打ち出すために、たとえばボードレールの散文詩を、その実際の姿を多少歪めながら援用するのは、やむを得ぬこととしておいてもいい。だが少なくとも自作については、それに即して語るべきだと思われるのだが、その点、朔太郎の姿勢にはどうもそうとは言いえぬようなところがある。彼が「散文詩」に組み入れた作品のうち、一九三六年〜三八年に書かれた六篇は、たぶん彼をとらえた散文詩の観念をはっきり踏まえたうえで書かれたものだろう。だから、これらについて、それがあまり「イマヂスチック」ではなく「エッセイ的、哲學的の特色を多量に持ってる」とすることに問題はないのだが、それ以外の、元来アフォリズムとして書かれた作品に関しては、とてもそんなふうに要約することはできない。朔太郎の特質として、それらがしばしば哲学的であるとは言いうるかもしれないが、エッセー的と評しうるほどのものは、あるとしてもごく少ない。またそれらの「イマヂスチック」な点を軽視するのは、まったく実状に反すると言うほかはない。それどころか、そこにはまことに魅惑的なイメージがあふれていて、時として朔太郎が語っていることなどどうでもよくなってくるほどだ。また時には、アフォリズムとしては切り込みの単純な、平凡なものであるにもかかわらず、イメージの力のおかげで、まるで不思議な生きもののように読む者のなかに浸透してくるものもある。もちろん、イメージを抑えたものもなくはないが、その場合も、けっして単なる抽象的分析にはならない。その背後には、つねに、イメージが見えない支えとして働いているように感じられる。私は若年の頃から彼のアフォリズムを愛読してきた。そしてそれらを一種の散文詩と呼ぶことにも、そこでイメージがふるっている力ということから言っても、別に異論があるわけではない。だが、アフォリズムがもつそういう魅力に身を浸したあとで、先にあげたいちばん新しい六篇を読むと、アフォリズムにあった集中力が衰え、その魅力が薄らいでいるように感じられる。だが、おそらくこれは朔太郎が充分に意識したうえでのことだろう。彼のアフォリズムが体現する感覚と意識とがからみあう劇はまことに激しいものだが、けっして内面に閉じこもったものではなかった。それはつねに外部の人や物や事象に触発されている。だが、この劇が刻々にその激しさを増すにつれて、それが彼のなかに深い孤立感や孤独感を生み出すということが起こる。そしてそれが、それらの劇を、もういちど日常のなかに突き戻そうとする試みに導いたというのは、充分にありうることだ。いちばん新しい、「エッセイ的」な、あの六篇の「散文詩」は、まさしくこのような試みではなかったかと思われる。そしてこのことは「散文詩」と題した第一部の特質をおのずから示しているようだ。そこで朔太郎は、すでにできあがった散文詩という観念に即して書かれた作品を集めたわけではない。生に触発されながら生と対立し、また再び生に係わろうとする彼の内部の劇の歩みそのものを、このようなかたちで表現しようとしたのである。その点でいまひとつ注目すべきは、彼がその内面を突き戻そうとしたのは、単なる日常ではないことだ。第一部が「わが故郷に帰れる日、ひそかに祕めて歌へるうた」という副題を伏した「物みなは歳日と共に亡び行く」という作品で結ばれていることはなかなかおもしろい。この作品が、六篇中いちばん最後に書かれたからたまたまそうなったにすぎないとも言えようが、どうもそれだけでは片づかぬ。故郷に戻った朔太郎は、かつて歌った「郷土望景詩」の諸詩篇を援用しながら郷土について歌うのだが、郷土の眺めはかつての姿を留めてはいない。彼は「物みなは歳日《としひ》と共に亡び行く――郷土望景詩に歌つたすべての古蹟が、殆んど皆跡方もなく廢滅して、再度《ふたたび》また若かつた日の記憶を、郷土に見ることができないので、心寂寞の情にさしぐんだのである」と述べているが、かつての姿を留めていないからかえって、日常の一情景を超えた故郷そのものが奥深いところから浮かび上がってくる。そういうふうに考えれば、この詩は第一部を結ぶにふさわしいのである。

それに「抒情詩」と題された第二部が続くのだが、ここで興味深いのは、第一部のように、詩集を制作年代順に並べてはいないことだ。冒頭に制作年代としてはいちばん新しい『氷島』を置き、以下、第一部とは逆に時間を遡るのである。これは、単に対照的な効果を狙ったというだけのことではない。もちろん、そういう効果もまことに印象的だが、それ以上に印象的なのは、彼が「散文詩」において到り着いたものと、この『氷島』という詩集とが濃密に響きあっていることだ。そのひとつの現われは、彼が「物みなは歳日と共に亡び行く」で部分的に援用した「郷土望景詩」がこの詩集に数多く含まれていることだが、そればかりではない。朔太郎はこの詩集の「自序」で「近代の抒情詩、概ね皆感覚に偏重し、イマヂズムに走り、或は理智の意匠的構成に耽つて、詩的情熱の単一な原質的表現を忘れて居る」とまず言い、ついで、みずからの求める詩について、このように述べるのである。

「この詩集に収めた少数の詩は、少くとも著者にとつては、純粋にパッシヨネートな詠嘆詩であり、詩的情熱の最も純一の興奮だけを、素朴直截に表出した。換言すれば著者は、すべての藝術的意図と藝術的野心を廢棄し、単に『心のまま』に、自然の感動に任せて書いたのである。したがつて著者は、決して自ら、この詩集の価値を世に問はうと思つて居ない。この詩集の正しい批判は、おそらく藝術品であるよりも著者の實生活の記録であり、切實に書かれた心の日記であるのだらう。」

朔太郎が「散文詩」において到り着いた日常や生と、ここで彼が言う「實生活の記録」や「切實に書かれた心の日記」が同じものをさしているわけではないが、それらのあいだには、深く相通ずるところがあるようだ。朔太郎の詩業のなかでこの『氷島』という詩集がもつ意味については諸家の意見は必ずしも定まってはいない。彼がそれまでその口語自由詩によって作りあげてきた、感覚と感情と官能とがからみあい、時として幻想的な趣きさえ呈する、豊かで多彩な詩的世界と比較して、そこに衰弱と単純化を見る説がある（朔太郎自身、ここに一種の「後退作戦」を見ている）。だがまた一方、ここに、「實生活」に全身をじかにこすりつけたようなざらついた現実感とそこから直接しぼり出した思想の表われを見、それを評価する人もいる。これは、そのどちらかだけが正しいという話ではあるまい。『氷島』において彼の詩が衰弱したとは思われないが、「實生活の記録」や「切實に書かれた心の日記」と規定したことで、彼の詩にある種の単純化が見られることは否定しえないだろう。だが、みずからの詩と思想の核をとらえるためには、あえてそういう危険をおかさざるをえない場合もある。朔太郎が、第二部の冒頭に、この詩集を置いたのは、この核そのものの見定めを通して、それ以前の諸詩集を照らし出そうとしたからだろう。そういう点で、第二部は、順序は逆だが、第一部と応じあっていると言っていい。そういうふうに考えるとこの『宿命』という詩集の意味も明らかになる。ここで彼は、単に作者自身による自作のアンソロジーを試みたわけではない。第一部「散文詩」と第二部「抒情詩」とを、こんなふうに巧妙に、効果的に組み合わせたことで、その詩と人間と生活の全体を表現しようとしたのである。

[転換期を読む 19]
宿命

2013年7月16日　初版第一刷発行

本体2000円＋税――――定価

萩原朔太郎―――著者

西谷能英―――発行者

株式会社　未來社―――発行所

東京都文京区小石川3－7－2
振替 00170-3-87385
電話(03)3814-5521
http://www.miraisha.co.jp/
Email:info@miraisha.co.jp

萩原印刷―――印刷

ISBN 978-4-624-93439-2 C0392

未紹介の名著や読み直される古典を、ハンディな判で

シリーズ❖転換期を読む

1 望みのときに
モーリス・ブランショ著◉谷口博史訳◉一八〇〇円

2 ストイックなコメディアンたち——フローベール、ジョイス、ベケット
ヒュー・ケナー著◉富山英俊訳／高山宏解説◉一九〇〇円

3 ルネサンス哲学——付：イタリア紀行
ミルチア・エリアーデ著◉石井忠厚訳◉一八〇〇円

4 国民国家と経済政策
マックス・ウェーバー著◉田中真晴訳・解説◉一五〇〇円

5 国民革命幻想
上村忠男編訳◉一五〇〇円

6 ［新版］魯迅
竹内好著◉鵜飼哲解説◉二〇〇〇円

7 幻視のなかの政治
埴谷雄高著◉高橋順一解説◉二四〇〇円

［消費税別］

8 当世流行劇場——18世紀ヴェネツィア、絢爛たるバロック・オペラ制作のてんやわんやの舞台裏
ベネデット・マルチェッロ著◉小田切慎平・小野里香織訳◉一八〇〇円

9 〔新版〕澱河歌の周辺
安東次男著◉粟津則雄解説◉二八〇〇円

10 信仰と科学
アレクサンドル・ボグダーノフ著◉佐藤正則訳・解説◉二二〇〇円

11 ヴィーコの哲学
ベネデット・クローチェ著◉上村忠男編訳・解説◉二〇〇〇円

12 ホッブズの弁明／異端
トマス・ホッブズ著◉水田洋編訳・解説◉一八〇〇円

13 イギリス革命講義——クロムウェルの共和国
トマス・ヒル・グリーン著◉田中浩・佐野正子訳◉二二〇〇円

14 南欧怪談三題
ランペドゥーザ、A・フランス、メリメ著◉西本晃二編訳・解説◉一八〇〇円

15 音楽の詩学
イーゴリ・ストラヴィンスキー著◉笠羽映子訳・解説◉一八〇〇円

16 私の人生の年代記　ストラヴィンスキー自伝
イーゴリ・ストラヴィンスキー著◉笠羽映子訳・解説◉二二〇〇円

17 教育の人間学的考察【増補改訂版】
マルティヌス・J・ランゲフェルト著◉和田修二訳／皇紀夫解説◉二八〇〇円

18 ことばへの凝視――粟津則雄対談集
粟津則雄◉三浦雅士解説◉二四〇〇円

19 宿命
萩原朔太郎著◉粟津則雄解説◉二二〇〇円

本書の関連書

粟津則雄著『ことばと精神――粟津則雄講演集』二四〇〇円
郷原宏著『詩人の妻――高村智恵子ノート』二二〇〇円
野村喜和夫著『金子光晴を読もう』二二〇〇円
冨上芳秀著『安西冬衛――モダニズム詩に隠されたロマンティシズム』二五〇〇円
鈴村和成著『書簡で読むアフリカのランボー』二四〇〇円
西郷信綱・廣末保・安東次男編『日本詞華集』六八〇〇円